KB142388

빅데이터 소년과 여중생 김효정

빅데이터 소년과 여중생 김효정

(청소년 성장소설 십대들의 힐링캠프, 빅데이터)

[십대들의 힐링캠프®] 시리즈 NO.20

지은이 | 박기복
발행인 | 김경아

2019년 9월 9일 1판 1쇄 발행
2020년 8월 15일 1판 2쇄 발행(총 2,500부 발행)

이 책을 만든 사람들
책임 기획 | 김경아
기획 | 김효정
북 디자인 | KHJ북디자인
교정 교열 | 좋은글
경영 지원 | 홍종남
표지 삽화 | 정지란
제목 | 구산책이름연구소

이 책을 함께 만든 사람들
종이 | 제이피씨 정동수 · 정충엽
제작 및 인쇄 | 천일문화사 유재상

도서 출간 전 독자 품평회
박예랑(경기도 마석중학교 1학년)

펴낸곳 | 행복한나무
출판등록 | 2007년 3월 7일. 제 2007-5호
주소 | 경기도 남양주시 도농로 34, 부영e그린타운 301동 301호(다산동)
전화 | 02) 322-3856 팩스 | 02) 322-3857
홈페이지 | www.ihappytree.com
도서 문의(출판사 e-mail) | e21chope@daum.net
내용 문의(지은이 e-mail) | yesreading@gmail.com
※ 이 책을 읽다가 궁금한 점이 있을 때는 지은이 e-mail을 이용해 주세요.

ISBN 979-11-88758-15-9
"행복한나무" 도서번호 : 116

※ [십대들의 힐링캠프®] 시리즈는 "행복한나무" 출판사의 청소년 브랜드입니다.

TALK
• 박기복 지음 •
빅데이터 소년과
여중생 김효정
행복한 나무

차례

등장인물

김효정	친구 한 명 없이 완벽하게 외톨이인 여학생
신요한	김효정이 자살하려고 했을 때 나타난 빅데이터 전문가
윤혜미	김효정이 가깝게 지내고 싶은 여학생
채하빈	정의롭고 당당한 성격으로 윤혜미와 가깝게 지내는 친구
김희지&이선혜	채하빈과 윤혜미의 친구
차건호	소심하고 착한 남학생
정근엽	힘 약한 애들을 괴롭히는 못된 남학생
오유자	늘 자식을 자랑하고 학생들을 무시하는 선생님
임시연	자살하려고 한 초6 여학생

현재, 가까운 어느 곳

투명 인간에게 걸려 온 전화

그날은 여느 때와 다름없었다. 눈을 뜰 때부터 밤까지 어제와 조금도 다름없는 똑같은 하루였다. 조금 다르다면 내가 오랜 고민 끝에 드디어 죽기로 마음먹었다는 점과 힘들게 죽기로 마음먹자마자 잇따라 전화가 와서 내 죽음을 방해했다는 점이다. 여느 때 같으면 일주일에 한 번도 울리지 않을 휴대전화가 죽기로 마음먹자 세 번이나 연거푸 울렸다. 유별난 일이었다. 어쩌면 죽기로 결심한 게 더 유별난 일인지도 모르겠다.

전화가 세 번 울린 뒤에야 전화번호를 확인했다. 모르는 번호였다. 하긴, 내가 아는 번호라고 해 봐야 엄마와 학교 선생님뿐이다. 내 휴대전화에 저장된 전화번호도 그 두 개가 전부다. 학교 선생님은 나에게 관심도 없고, 엄마는 좀체 전화를 하지 않는다. 그러니 잘못 걸려 온 전화가 아니면 내 전화기가 울릴 일은 거의 없다. 다른 날이었다면 첫 울림에는 전화를 안 받을지라도 둘째 울림에는 전화를 받았겠지만, 어차피 죽겠다고 마음먹었기에 세 번이나 연거푸 전화가 울려도 받지 않았다. 전화를 안 받으니 곧바로 문자가 왔다.

'어차피 죽을 거라면 전화를 받아도 되지 않아?'

문자를 읽고 마음이 흔들렸다. 도대체 전화를 건 사람은 내가 죽기로 마음먹은 걸 어떻게 알았을까? 나는 방에 혼자 있었고 아무에게도 털어놓지 않았다. 죽기로 마음먹은 지 한 시간밖에 지나지 않았다. 중얼거린 적도 없다. 내 생각은 내 뇌 안에서 어떤 형태로든 밖으로 나온 적이 없다. 감시카메라로 나를 지켜본다고 해도 내 생각을 알 수는 없었다. 오래 살지 않았지만 알고 싶은 게 거의 다 사라져 버린 지 오래인 나에게 참으로 오랜만에 찾아온 궁금증이었다.

궁금증과 함께 '어차피'란 낱말이 나를 뒤흔들었다. 어떤 면에서는 궁금증보다 더 강하게 나를 잡아끌었다. 어차피 곧 죽을 텐데 전화를 받는다고 달라질 일은 없었다. 어차피 세상은 뻔하고, 어차피 삶에 희망이란 없다. '어차피'는 내게 안성맞춤인 낱말이었고, 문자를 보낸 이는 내 마음을 움직이는 아주 절묘한 낱말을 선택한 셈이었다. 물론 내가 '어차피'에 이렇게까지 반응하리라는 걸 예상하지는 못했겠지만 말이다. 물론 나 스스로도 '어차피'에 이렇게까지 마음이 움직일지는 몰랐다.

'누구?'

문자를 보냈다. 곧바로 답이 오거나 전화가 올 줄 알았는데 그러지 않았다. 기약 없이 기다리려니 기분이 묘해졌다. 곧 뛰어내릴 생각이었는데 기묘한 기다림이 뛰어내리려는 마음을 뒤로 밀어내 버렸다. 꼬인 실타래를 겨우 다 풀었는데 마지막 실수로 다시 엉망진창이 되어 버린 기분이었다. 그대로 뛰어내리자니 몹시 찜찜했다. 뒤끝 없이 가고 싶은데 지저분한 흔적이 줄줄 흘렀다. 그러다 열린 창문으로 들어오는 빛을 보고 마음을 고쳐먹었다. 어차피 죽음이야 언제든 만날 수 있다. 전화를 받은 뒤여도 되고, 내일 밤이어도 된다. 느긋하게 기다리기로 했다.

마지막이 될지도 모르는 빛을 가만히 응시했다. 나는 낮과 밤이 어긋나며 빛이 일그러질 때가 참 좋다. 하늘빛이 사그라지며 조명 빛이 그 자리를 채우고, 희뿌연 가로등과 간판 빛을 밀어내는 햇살이 빈 하늘로 떠오를 때면 그나마 살아갈 의욕이 생긴다. 지겨울 만큼 똑같은 세상이 그때만큼은 조금 달라 보인다. 내 삶은 늘 똑같기 때문이다. 그냥 삶이 지겨워서 똑같다고 하는 게 아니다. 말 그대로 정말 하루하루가 변함없다.

그날 아침도 그 전날과 같았다. 햇살이 내 아침을 깨웠다. 빛이 창문으로 들어오자 꽃무리가 산산이 흩어지며 희뿌연 춤을 추었다. 빛은 제각기 움직이며 어지러운 어울림을 빚어내고, 뒤따라온 잔상은 남은 빈 곳을 채웠다. 햇살은 내 삶에 흔적을 남기고, 나는 그 빛에 이끌려 삶을 지탱한다. 내가 하루에 딱 한 번 웃는 순간이다. 그날 아침에는 그

웃음마저 잃어버렸지만…….

어느 때부터인지 모르겠지만 나는 엄마 없이 아침을 맞았다. 아빠는 아예 기억에도 없다. 학교에 입학하기 전에는 실컷 늦잠을 자도 되니 괜찮았는데 초등학교에 들어가자 혼자 일어나는 시간이 걸림돌이 되었다. 아무리 시끄러운 소리가 들려도 나는 혼자 일어나지 못했다. 학교 선생님이 전화를 해도 엄마는 자느라 전화를 못 받기 일쑤였다. 그런 일이 거듭되자 엄마는 처음이자 마지막으로 나에 대한 고민을 했다. 야단을 치지는 않았다. 엄마는 단 한 번도 나를 야단친 적이 없다. 나는 알아서 잘 지내는 아이였고, 힘들게 사는 엄마를 위하느라 외롭고 괴로워도 힘든 내색 한 번 안 했다. 아주 어릴 때부터 설거지와 청소, 내 빨래는 내가 했다. 심지어 그 흔한 감기 한 번 걸리지 않았다.

그런 나였기에 엄마는 내 의견을 듣고 늦잠을 해결할 방법을 찾으려고 했다.

"어떻게 하면 좋겠니?"

내게 뾰족한 방법은 없었다. 뭐든 혼자 해내는 나였지만 제시간에 맞춰 일어나는 것은 의지로 해결할 문제가 아니었다. 스스로 여러 가지 방법을 이미 시도해 봤지만 효과는 없었다. 빨리 자면 일찍 일어날 줄 알고 빨리 잤지만 늦잠을 막지는 못했다. 알람을 대여섯 개 두고 아침을 시끄러운 소음으로 가득 채워도 일어나지 못했다. 전등을 켜 놓고 자도 못 일어나기는 마찬가지였다. 나 스스로 안 해 본 게 없이 다 해 봤기 때문에 엄마라고 뾰족한 수는 없었다.

"거실에서 한번 자 볼게."

고민 끝에 내가 제안한 방법이었다. 잠자리를 불편하게 하면 아침에 잘 일어날지도 모른다고 생각했다. 아직까지 시도하지 않은 방법이기도 했다. 엄마는 그러라고 했다. 그날 밤 혼자서 거실에서 잤다. 다음 날, 정말 기적처럼 제시간에 일어났고, 학교에 늦지 않았다. 엄마는 내가 늦지 않게 학교에 갔다는 사실을 알자마자 내 침대를 거실로 옮겨 주었다. 그런데 그다음 날 나는 제대로 일어나지 못했다. 침대에서 자서 그런가 싶어서 바닥에서 잤는데, 그래도 또 일어나지 못했다. 어쩔 수 없이 다시 침대를 방으로 집어넣고 어떻게 할지 고민하다 나도 모르게 거실에서 쓰러져 잤는데, 그다음 날 또다시 기적처럼 빨리 일어났다. 그리고 바로 그날, 나는 나를 깨운 게 무엇인지 알아냈다. 불편함이 아닌 아침 햇살이었다. 그때 엄마와 내가 살던 집은 창문이 서향이어서 집안으로 아침 햇살이 거의 들어오지 않았다. 그날 아침에 반대편 쪽창을 통해 어쩌다 햇살이 들어왔는데 그 빛이 얼굴 언저리를 찾아오자 바로 깨어난 것이었다.

그 사실을 엄마에게 전하자 엄마는 조금도 망설이지 않고 곧바로 이사를 했다. 엄마는 마음먹으면 곧바로 움직인다. 우유부단이란 말은 엄마 사전에 아예 없다. 엄마는 늘 과감하고 뒤를 돌아보지 않는다. 어쩌면 아빠와도 그렇게 헤어졌는지 모르겠다. 살림도 얼마 없고 크지도 않은 집이었기에 이사는 어렵지 않았다. 엄마는 아침 햇살이 한 해 내내 들어오는 집을 얻었고, 아침 햇살을 흠뻑 받는 곳이 내 방이 되었다.

그때부터 나는 단 한 번도 학교에 늦지 않았다.

아침에 일어나면 나는 혼자 씻고 준비해서 학교에 간다. 밥은 안 먹는다. 밥 차리고 치우기도 귀찮지만, 밥을 차리고 치우다 보면 학교에 늦기 때문이다. 배고픔도 익숙해지면 아무렇지 않고, 아침을 안 먹고 공복에 점심을 먹으면 웬만큼 맛없는 반찬이 나와도 맛있게 먹을 수 있다.

그날도 엄마 얼굴을 안 보고 나갔다. 어릴 때는 잠든 엄마 얼굴이라도 보고 학교에 갔다. 혹시나 엄마가 깨서 잘 다녀오라는 말이라도 해 주리라는 기대 때문이었다. 안타깝게도 엄마는 학교에 가는 나를 위해 따스한 말을 건네 준 적도 없을 뿐더러 눈을 뜬 적도 없다. 기대가 사라지면서 그냥 나가게 되었다. 실망하지는 않는다. 어차피 다른 사람에게 기대해서 이루어진 적이 한 번도 없었으니까…….

학교에 가면 나와 말을 나누는 사람이 한 명도 없다. 하루 내내 말 한마디 안 하고 지낸 날이 거의 대부분이다. 내 이름을 아는 선생님은 아무도 없을 것이다. 담임 선생님도 어쩌면 내가 담임 선생님 반 학생이란 사실조차 모를지도 모른다. 선생님뿐 아니라 나를 아는 학생들도 거의 없다. 당연하지만 나와 친한 학생은 단 한 명도 없다. 우연이라도 가까워지는 학생이 있을 만한데, 어찌된 일인지 중학생이 될 때까지 단 한 명도 가깝게 지내는 사람이 생기지 않았다. 차라리 괴롭힘이라도 당하면 좋겠는데, 그러지도 않았다. 엄마는 내가 학교에서 어떻게 지내는지 관심이 없다. 물론 집에서 어떻게 지내는지도 관심이 없다.

괴롭힘을 당하면 엄마에게 힘든 척하면서 관심을 끌 수 있겠지만 그럴 기회조차 없었다. 엄마는 친구 관계뿐 아니라 공부에도 관심이 없어서 내가 시험에서 빵점을 맞아도 반응이 없다.

나는 집에서든 학교에서든 그냥 있는 듯 없는 듯 지냈고, 그러다 보니 투명 인간이 되어 버렸다. 투명 인간인 내가 학교에서 가장 많이 하는 짓은 몰래 사람 관찰하기다. 한 사람을 정해 놓고 하루 내내 살핀다. 다른 사람들이 혹시라도 눈치채면 안 되기에 몰래 아닌 척하면서 살핀다. 솔직히 내가 조심하지 않아도 나를 주목하는 사람이 없기에 들킬 염려도 없다. 그렇지만 혹시나 하는 마음에 조심한다. 내가 가장 즐겨 관찰하는 사람은 윤혜미다. 그날따라 윤혜미는 단짝인 채하빈과 이야기를 많이 나눴다.

혜미가 두 눈을 크게 뜨면 정성스럽게 듣는 분위기가 만들어진다. 눈 아래 도톰한 살이 신뢰감을 더한다. 채하빈이 입을 놀리면 고개를 알맞게 끄덕이는데, 작은 몸짓이지만 그 몸짓을 접한 사람은 맑은 기분에 젖어드는 마법을 경험한다. 대화를 나누다 종종 두 손으로 자기 어깨 쪽 옷을 잡아서 뒤로 살짝 놓는다. 그러고 나면 옷매무새가 훨씬 살아난다. 가볍게 꼰 왼 무릎에, 왼 팔꿈치를 대고, 왼손은 컵을 받치는 모양을 하며 이야기할 때는 자못 심각해진다. 왼 손목에는 까만 끈에 동그란 시계를 찼는데 왼손을 들 때면 저절로 눈길을 잡아끈다. 심각하다가도 살짝 웃으면 초승달 같은 눈매가 부드럽게 빛나며 맑은 기운을 빚어낸다. 가만히 있을 때도 눈이 웃는 상인데 활짝 웃으면 둘레까지 환해진다. 가운데 가르마로 양옆으로 나뉜 긴 머리카락은 머리가 움직일 때마다 솜털처럼 살랑거린다. 혜미는 머리를 뒤로 넘길 때 늘 두 손을 같이 쓰는데, 손길이 닿고 나면 머릿결이 가지런히 모아지며 정숙함과 발랄함을 함께 뽐낸다. 혜미는 채하빈이 짓궂게 굴면 코를 살짝 찡그리는데 그럴 때마다 콧잔등에 지는 잔주름이 상큼하고 귀엽다.

채하빈 대신 내가 혜미 앞에 앉아서 대화를 나누는 상상을 종종 한다. 저 웃음과 따스함이 나를 향하면 얼마나 좋을지 상상한다. 혜미 입술에서 흘러나온 부드러운 목소리가 내 귀를 향해서 다가오면 얼마나 좋을지 상상한다. 처음에는 상상이 이루어질지도 모른다는 망상에 빠지기도 했지만, 상상이 아니라 공상임을 나도 뚜렷이 알고 있었다. 그렇지만 공상이라도 좋았다. 혜미와 친구가 되어 채하빈처럼 같이 어울리고, 대화하고, 밥 먹고, 놀고 싶었다. 어차피, 공상일 뿐이지만 나는 공상 속에서만은 혜미와 아주 가까운 벗이 되었다.

채하빈은 혜미에게 참 잘 어울린다. 나 같은 사람이 채하빈 자리를 대신할 가능성은 엄마가 내게 아침밥을 차려 줄 가능성보다 더 낮다. 채하빈은 다리가 길고 머리카락은 짧다. 늘 활기가 넘치고 체육 시간에는 남학생들보다 운동을 잘한다. 코가 오뚝하고 틴트를 바르지 않아도 입술이 진한 붉은 빛이다. 눈매가 날카롭긴 하지만 진하고 긴 속눈썹이 깊은 매력을 발산한다. 부드러운 혜미와 씩씩한 채하빈, 아무리 봐도 둘은 참 잘 어울리는 단짝이다. 내가 넘볼 수 없는 관계다. 하긴, 내가 넘볼 수 있는 관계가 있기는 할까? 친구 한 명 없이, 아니 엄마

외에는 거의 아는 사람 없이 살아온 나에게 사람이란 생명체처럼 낯선 존재는 없다.

혜미와 채하빈이 한참 이야기를 나누는데 정근엽이 끼어들었다. 정근엽은 귀 바로 위까지 머리를 빡빡 밀어서 머리카락이 마치 모자처럼 보인다. 눈매는 매섭고 턱선이 아주 강하다. 척 봐도 강해 보이는 인상이다. 정근엽이 다리를 까딱거리며 혜미에게 말을 건네자, 채하빈이 발끈하며 소리를 지른다. 정근엽이 히죽거리며 웃고는 뒷걸음질을 친다. 채하빈이 손에 든 책을 정근엽에게 집어던지며 욕을 퍼붓는다. 채하빈이 던진 책에 꽤 아프게 맞았지만 정근엽은 징그럽게 웃고는 교실 앞문으로 나가 버린다. 무슨 말인지 제대로 못 들었지만, 평소 정근엽이 하는 짓을 보면 혜미에게 더러운 말을 했을 것이다. 정근엽은 더러운 놈이다. 힘없는 애들을 툭하면 괴롭힌다. 여학생들에게 못된 장난도 많이 친다. 내게 힘이 있다면 정근엽을 응징하고 싶지만, 내게 그럴 힘은 없다.

정근엽이 나간 문으로 차건호가 들어왔다. 차건호를 처음 볼 때 여학생인 줄 착각했다. 얼굴이 갸름하고 입술이 얇고 눈매가 서글서글한데 머리도 길어서 영락없는 여자였다. 하도 여자라고 놀림을 받으니 나중에는 머리를 아주 짧게 잘랐는데, 그제야 남학생처럼 보였다. 차건호는 늘 책을 읽는다. 차건호가 책을 읽을 때면 미간에 주름이 잡힌다. 꿈쩍도 안 하고 책을 읽는데 도대체 무슨 책을 읽는지 가끔 궁금증이 생길 만큼 집중한다. 문으로 나갔던 정근엽이 돌아오더니 책을 읽는 차건호를 괜히 건드린다. 차건호는 그러거나 말거나 책을 읽는다. 몇 번 차건호를 건드리던 정근엽은 차건호가 별 반응이 없자 발로 책상을 툭 건드리더니 자기 자리로 돌아가 앉았다.

가만, 이 장면을 그날 보았을까, 아니면 그 전날 보았을까? 터놓고 말해서 언제 보았는지 확실하게 말할 자신이 없다. 그날도, 그 전날도, 그 전전날도, 내 삶은 똑같았다. 변함없이 지루하다. 내가 사라져도 학교는 아무렇지 않을 것이다. 어쩌면 내가 사라진다고 해도 아무도 모를 것이다. 엄마 삶도 달라지지 않을 것이다. 어쩌면 엄마는 내가 사라지면 더 자유로워질지도 모른다. 나는 엄마에게 부스럼 같은 존재인지도 모른다. 귀찮게 엄마 삶에 달라붙어서 괜히 말단 신경만 건드리는 존재가 바로 나다. 어느 때부터인지 모르지만 나는 사라지는 게 어떨까 하는 고민을 했다. 터놓고 말하면 고민도 아니다. 이미 나는 사라진 존재나 마찬가지였기 때문이다.

그날, 특별한 계기는 없었다. 여느 날처럼 학교에서 혼자 돌아와 집 청소와 빨래, 엄마가 남겨 놓은 설거지를 하고 저녁을 챙겨 먹었다. 습관처럼 창문을 바라보았다. 늘 보던 풍경이었다. 낮이 저물고 저녁이 찾아올 때 뒤엉키는 빛과 어둠도 더는 신선하지 않았다. 내 삶에 마지막 남은 의미가 사라지는 순간이었다.

'아마, 내일 아침에는 햇살도 나를 깨우지 못할 거야'

문득 든 생각이 이제 때가 되었음을 알려 주었다. 마음이 서자 더는 아무것도 하지 않았다. 툭하면 눌러 보던 자살 관련 검색도 더는 하지 않았다. 늘 귀에 달고 살던 음악도 듣지 않았다. 내가 살아야 할 이유를 찾으려고 잠깐 애를 써 봤지만 결과는 이미 내가 아주 잘 알고 있었다. 살아야 할 이유가 없었다. 삶과 떠남이 조금도 다르지 않았다. 세상은 나에게 등을 돌렸다. 이제 내가 세상에 등을 돌릴 차례였다.

그렇게 마음먹은 지 한 시간이 지난 뒤, 낯선 번호로 전화가 세 번 왔고, 어차피 죽을 거면 전화를 받으라는 문자까지 받았다. 오늘 보았는지 어제 보았는지 모를 장면을 한참 되짚다 보니 시간이 훌쩍 지나갔다. 전화가 다시 오지는 않을 모양이었다. 괜히 기다렸다. 열린 창문이 다시 눈에 들어왔다. 이제야말로 사라질 시간이다. 따지고 보면 이미 나는 사라진 사람이 된 지 오래다. 그러니 그냥 숨 한 번 깊이 들이마시고 창문을 잡고 훌쩍 뛰어내리면 그만이다. 다시 한 번 빛을 보고, 깊이 숨을 들이마시는데, 전화가 울렸다.

아마 조금만 늦었다면 전화를 받고 싶어도 받을 수 없는 상황이 되었을 것이다. 기다릴 때 오지 않던 전화가 포기하자마자 오니 묘한 기분이 들었다. 마치 절묘하게 시간을 계산해서 전화를 건 듯했다. 나는 호흡을 멈추고 전화기를 들었다. 전화를 건 사람이 누군지 무척 궁금했다.

"여보세요."

아무렇지 않게 받는 분위기를 내려고 애썼다.

"그렇게 죽고 싶니?"

처음 듣는 목소리였다. 목소리만 들어서는 나이를 어림하기 어려웠다. 그렇지만 묘하게도 신뢰감을 주는 목소리였다. 무엇보다 죽지 말라는 말이 아니어서 좋았다. 그러나 그다음 말을 듣고는 온몸이 굳어 버렸다.

"그 짧은 시간도 기다리지 못할 만큼?"

나는 집 곳곳을 눈으로 살폈다. 집에 몰래 나를 찍는 카메라가 없다면 도저히 불가능한 말이었다. 아니, 카메라가 있어도 불가능한 일이었다. 내 마음 속에 들어와서, 나와 동시에 내 생각을 읽어 버리는 독심술사가 아니라면 불가능한 말이었다.

"누… 누구…… 세요?"

침착하게 대응하려 했지만 실패했다.

"내가 누구인지는 나를 만나러 오면 곧 알게 될 거야."

마치 나를 아주 잘 아는 사람인 듯한 말투였다. 이 목소리를 어디에서 들었는지 떠올리려고 기억을 뒤졌지만, 떠오르지 않았다. 나는 목소리를 잘 기억하지 않는다. 아니 잘 기억하지 못한다. 내가 듣는 목소리라고 해 봐야 학교에서 학생들과 선생님들이 떠드는 말뿐이다. 그들 가운데 한 명일까? 몰래 나를 지켜본 사람이 있었던 걸까?

"재미있는 거 보여 줄 테니까 나한테 와."

"내가 왜……, 가?"

나보다 나이가 많은 듯한 목소리였지만, 일부러 반말을 했다.

"어차피 죽으려고 했잖아. 아니면 그냥 죽으면 되잖아. 겁먹었니?"

겁먹었냐는 말에 자존심이 상했다. 죽으려고 한 내 결심을 거짓으로 치부하는 듯해서 불쾌했다. 안 가면 나를 거짓말쟁이에 겁쟁이라고 여긴다는 말투였다. 이 무료한 삶에 변화가 온다면, 그게 이 심심함보다야 낫다. 나에게 찾아온 변화가 비극이어도 좋다. 가기로 했다.

"겁먹기는…… 무슨……, 가면 되잖아! 어딘데?"

"문자 보낼게. 그리로 와."

전화가 끊어졌다. 곧이어 문자가 왔다. 주소를 보니 이쪽 동네에서도 아주 돈 많은 사람들만 산다는 값비싼 아파트 단지였다. 주소 뒤에는 아파트 공동현관 비밀번호도 찍혀 있었다. 나는 전화만 들고 그대로 밖으로 나왔다. 나는 집에서 편하게 입는 지저분한 반소매 옷에 낡은 운동복 차림이었다. 아파트 거울에 비친 내 몰골을 보고 집에 들어가서 새 옷으로 갈아입고 나올까 하다가 그만두었다. 어차피 내 옷차림 따위를 눈여겨보는 사람은 이 세상에 없기 때문이다. 승강기 CCTV에 일부러 얼굴을 한참 비추었다. 내가 움직인 흔적을 남기려는 의도였다.

밖에 나오니 선선한 바람이 살갗을 스쳤다. 반소매를 입고 다니기에는 아직 밤기운이 서늘했다. 부자 동네로 향할수록 가로등 불빛이 점점 밝아졌고, 나무도 크고 높아졌다. 부자 동네로 가니 길거리에 부쩍 CCTV가 많았다. 그럴 때마다 일부러 얼굴을 바짝 들어 CCTV에 얼굴을 보여 주었다. 이 정도면 내가 사고를 당한다고 해도 곧바로 찾아낼 수 있을 것이다. 공동현관 비밀번호를 누르고 들어가서 승강기에 탔다. 승강기에 올라 가장 높은 층을 눌렀다. 마찬가지로 승강기 CCTV에 얼굴을 한참 동안 보여 주었다. 승강기는 빠른 속도로 위로 올라갔다. 40층 아파트까지 올라가 보기는 처음이었기에 몸이 적응을 못 했다. 귀도 먹먹했다. CCTV를 한 번 더 쳐다보고 승강기에서 내렸다. 40층에는 현관문이 하나밖에 없었다. 초인종을 누르려고 했는데 초인종이 보이지 않았다. 현관문 앞에서 어찌할 바를 몰라 서성이는데 현관문이 저절로 열렸다. 깊이 심호흡을 하고 문 안으로 들어갔다.

신발을 벗고 조금 걸어 들어가서 미닫이문을 열었다. 미닫이문을 열자 달빛을 머금은 그림이 나를 맞이했다. 척 봐도 아주 값비싼 그림처럼 보였다. 그리고 바로 그 옆에 그리 낯설지 않지만, 한 번도 제대로 관찰한 적이 없는 한 남자애가 나타났다.

"어서 와!"

전화로 들은 목소리와 달랐다. 어떻게 된 일일까?

"내 이름은 알지?"

0010

내가 모르는 나를 아는 컴퓨터

처음에는 이름도 안 떠오를 뿐 아니라 얼굴마저 낯설었다. 어디선가 본 얼굴이기는 한데 같은 반에서 본 얼굴인지 학교에서 마주친 얼굴인지 뚜렷하지 않았다. 한참 동안 기억을 뒤진 뒤에야 늘 누워서 잠만 자는 남학생 얼굴이 떠올랐다. 그 남학생은 아침에 올 때, 점심 먹을 때, 수업 마치고 갈 때만 얼굴을 책상에서 뗐다. 그나마 얼굴을 들 때도 늘 고개를 푹 숙이고 움직여서 얼굴을 제대로 본 횟수는 손에 꼽을 정도다. 학교에 오갈 때면 나도 고개를 푹 숙이고 다니기 때문에 제대로 얼굴을 볼 기회가 거의 없어서 얼굴마저 가물가물했던 것이다.

얼굴은 떠올렸는데 이름은 여전히 떠오르지 않았다. 다른 학생들이 내 이름을 기억 못 하는 것과 엇비슷한 상황이었다. 선생님이 부르지 않고, 친구들과 어울리지 않으니 이름이 불릴 리 없고, 그러다 보니 이름을 기억할 수가 없었다. 몇 주가 지나도 한 번도 불리지 않는 이름을 기억하기가 쉬운 일은 아니었다. 반에 있는 모든 학생들 이름을 다 떠올렸는데도 그 남학생 이름은 떠오르지 않았다. 스스로 생각해도 어처구니가 없었다. 그러다 멋진 그림 밑에 놓인 작은 액자가 눈에 띄었다. 어린아이가 삐뚤삐뚤 그린 그림 옆에, 그림처럼 삐뚤삐뚤한 까만 글씨가 보였다. 까만 글씨는 언제인지 모르지만 스치듯 들었던 이름을 떠오르게 만들었다. 그 이름을 부르면 내 앞에 선 남학생이 반응을 보일 가능성이 높았다.

"신, 요, 한. 아니니……?"

나는 자신 없게 말했다.

다행히 내 어림은 정확했다. 신요한은 자기 이름을 내가 또박또박 발음하자 몰라보게 환한 웃음을 지었다. '내 이름은 알지'란 질문을 받고 한참 뜸을 들인 뒤에 나온 답변이었지만 신요한은 그런 것에는 개의치 않는 듯했다.

나는 웃음 가득한 신요한 얼굴을 빤히 쳐다봤다. 신요한 눈동자가 내 눈동자 속에 들어왔다. 눈을 자세히 살피고 싶었는데, 신요한은 내 눈동자와 마주치자마자 곧바로 고개를 돌려 버렸다. 신요한은 고개를 살짝 숙이고는 몸을 틀었다. 자기 집인데도 학교에서 지낼 때와 똑같았다.

"따라와."

신요한은 느린 걸음으로 고개를 살짝 떨구고 어깨를 움츠린 채 나를 이끌었다. 부스스한 머리에 낡은 옷은 나와 다르지 않았다. 그렇지만 신요한을 둘러싼 집안 풍경은 나와는 전혀 어울리지 않았다. 아파트가 그렇게 넓을 수 있다는 사실을 처음 알았다. 곳곳에 놓인 가구는 적어도 수십 년은 나이를 먹은 듯했다. 가장 놀라운 공간은 거실이었다. 거실은 내가 사는 집 전체 면적보다 적어도 세 배는 넓어 보였고, 천장도 세 배는 더 높아 보였다. 거실 한쪽 벽에 자리한 TV는 TV라고 부르기 부적절할 만큼 컸다. 화려한 스테인드글라스 문 뒤로 부엌이 보였는데, 그냥 부엌이라는 낱말이 어울리지 않을 만큼 화려했다. 영화 속 귀족들이 잔치를 벌이는 공간에나 놓일 법한 식탁과 장식장도 놀라웠지만, 뛰어난 예술가가 손수 만든 조각품처럼 보이는 그릇들이 가장 놀라웠다. 저런 그릇에 담긴 요리는 아무리 맛없는 요리라도 맛있게 먹을 수 있을 듯했다. 주방을 더 자세히 보려고 나도 모르게 다가가는데 신요한이 헛기침을 했다.

"흠흠, 여긴 내 공간이 아니야. 내 공간은 2층이야."

신요한 목소리가 뚜렷하지 않았다. 안 그래도 대화를 많이 나누지 않아서 다른 사람 말을 잘 못 알아듣는데, 웅얼거리기까지 하니 더욱 알아듣기 힘들었다. 아무튼 2층이란 말은 알아 들었다. 그리고 그 말에 놀랐다. 아파트에 2층이 있다니, 나로서는 상상조차 해 본 적이 없다.

미닫이문을 여니 2층으로 올라가는 계단이 나타났다. 2층은 1층과 달리 화려한 가구나 그림은 없었다. 1층과 완전히 분리된 공간이어서 마치 다른 집에 온 듯했다. 1층이 귀족이 사는 곳이라면 2층은 평범한 서민이 사는 공간처럼 보였다. 1층이 워낙 넓은 탓에 2층이 조금 좁아 보였지만 내가 사는 집과 견주면 2층도 광장이었다. 2층에는 주방이 별도로 있었는데 인스턴트 음식을 먹고 남긴 흔적이 곳곳에 있었다. 설거지를 하지 않고 쌓아 놓은 그릇도 보였다. 조금이라도 설거지가 쌓이면 가만두지 못하는 나로서는 눈살을 찌푸릴 만한 풍경이었다. 더구나 1층은 광이 날 만큼 깨끗한데 계단으로 이어져 같은 집이 분명한 2층은 지저분했기에 거슬리는 정도가 더했다. 앞서 가던 신요한은 내가 따라오지 않자 몸을 돌렸다. 내 눈이 향하는 방향과 표정을 설핏 살피더니 다시 헛기침을 했다.

"흠흠, 내일 아침이면 1층 가정부가 와서 치울 거야. 2층은 일주일에 세 번밖에 청소를 안 해 주거든."

하도 소곤소곤 말해서 이번에도 알아듣기 힘들었다. 내가 제대로 알아들었는지도 확신이 들지 않았다. 부엌을 지나자 방이 세 개가 나타났다. 왼쪽과 오른쪽 문이 열려 있어서 방안을 잠깐 살펴보았다. 왼쪽 방은 옷장과 침대밖에 없었다. 2층에서 가장 깔끔한 곳이었다. 마치 사람이 머물지 않는 공간 같았다. 그에 반해 오른쪽 방은 엄청나게 지저분했다. 창문과 문을 빼고는 온통 책장이고 방 한가운데는 책상 하나와 의자가 놓여 있었다. 책은 영어와 컴퓨터에 관한 게 대부분이었는데 도대체 질서라고는 찾아볼 수 없을 만큼 제멋대로 꽂혀 있고, 책상에는 종이 뭉치와 필기구가 뒤엉켜서 쓰레기통인지 책상인지 구별이 되지 않았다. 방바닥에는 책장에서 떨어진 책과 책상에서 떨어진 종이가 넘쳐나서 발 디딜 곳을 찾기 어려웠고, 한쪽 구석에는 빈 종이상자가 수북했는데 택배용 종이가 덕지덕지 붙어서 그 정체를 드러내 주었다.

신요한이 들어가려고 하는 정면 방은 단단하고 묵직한 쇠문이 달려 있었다. 방문인데 잠금장치가 있어서 바로 열 수도 없었다. 신요한은 잠금장치에 손을 대고 가만히 있었다. 비밀번호라도 누를 줄 알았는데 그러지 않았다. 손을 얹고 3초쯤 지나자 푸른빛이 신요한 몸을 훑으며 지나갔고, 조금 뒤 쇠문이 저절로 열렸다.

“이곳이 내 왕국이야.”

방에 들어서자마자 신요한은 몸을 빙글 돌리더니 팔을 좌우로 활짝 벌렸다. 움츠렸던 어깨는 활짝 펴졌고 머리도 당당하게 들었다. 목소리에도 힘이 실렸다. 방에 들어서자마자 신요한은 전혀 다른 사람이 되었다. 신요한이 말한 대로 왕국을 지배하는 왕 같았다.

창문조차 보이지 않는 넓은 방에는 컴퓨터와 모니터밖에 없었다. 10개나 되는 모니터는 꺼져 있는 게 하나도 없이 모두 정신없이 화면이 바뀌었다. 남학생들이 흔히 하는 게임이나 동영상이 나오는 화면은 단 하나도 없었다. 화면 속에서는 이상한 그래프가 춤을 추고, 어지러운 숫자들이 끊임없이 움직이고, 괴상망측한 기호들이 날뛰었다. 딱 한 화면만 움직이지 않았는데 프로그램을 짜는 화면 같았다. 조금 전에 본 오른쪽 방에 가득하던 컴퓨터 책과 이어지면서 신요한이 어떤 사람인지 얼추 어림할 수 있었다. 영화에 나오는 미치광이 컴퓨터 천재, 신요한은 딱 그 이미지 그대로였다. 모니터에서 나오는 푸른빛이 방안을 가득 채웠는데 푸른빛 때문에 신요한이 현실 속 인간 같지 않게 느껴졌다.

방을 휘감은 벽지는 컴퓨터와는 어울리지 않는 이질감을 강하게 드러냈다. 벽지 바탕에는 짙은 남색이 흐트러지고, 잿빛이 먹물처럼 뻗어 가는 물길 위에 흰 점이 흩뿌려져 아픈 상처를 드러냈다. 길을 잃은 영혼이 늪에 빠져 허우적거리며 남긴 흔적 위에 혼돈과 혼란, 불분명한 현실, 슬픔을 머금은 좌절이 떠다녔다.

"우리나라에서 개인이 집에 이만한 시스템을 갖춘 사람은 없을 거야. 최고 성능을 자랑하는 컴퓨터 20대가 끊임없이 돌아가면서 작업을 해. 그렇게 놀라지 않아도 돼. 엄마가 IT기업 고위 임원이야. 그렇다고 내가 엄마한테 의존해서만 이런 시스템을 구축한 건 아니야. 나한테는 독특하고 뛰어난 '알고리즘'(algorithm, 문제를 해결하기 위해 명령들로 구성된 일련의 순서화된 절차)을 장착한 데이터 분석 소프트웨어가 있는데, '기계학습'(Machine Learning)과 풍부한 데이터를 기반으로 시스템이 스스로 알고리즘을 개선하는 단계에 이르렀어. 나도 깜짝깜짝 놀랄 만큼 뛰어난 결과를 쏟아 내서 정리하는 데 애를 먹을 정도야. 인공지능 쪽에서는 '지도학습'(Supervised Learning)이 지닌 한계를 뛰어넘어 '자율학습'(Unsupervised Learning)으로 진입하는 방법을 모색하고 있는데, 신경망 기술에 내 방식으로 새로운 개념을 도입해서 연구하는 중이야. 방대한 데이터 수집과 분석, 새로운 인공지능 개발은 여느 개인으로서는 꿈도 꾸지 못하겠지만 나는 그 한계를…….”

신요한은 내가 알아듣지 못하는 이상한 소리를 끊임없이 늘어놓았다. 목소리에는 힘이 붙고 얼굴에는 자신감이 넘치며 눈에는 총기가 번뜩였다. 방에 들어오기 전에 자신 없고 어깨가 축 처진 신요한은 온데간데없었다. 그러나 알아듣지도 못하는 자랑질을 가만히 들을 만한 인내심이 내게는 없었다. 나는 내 뇌 바깥으로 나간 적도 없는 내 생각을 알아내고, 내 죽음을 가로막은 정체를 알고 싶을 뿐이었다.

“잠깐, 잠깐만!”

내가 말을 가로막자 신요한은 동상처럼 멈췄다. 곳곳을 휘저으며 움직이던 손도 그대로 멈췄다. 이마에 잔주름이 지고 입술이 오른쪽으로 느리게 일그러졌다. 눈 아래 살이 파르르 떨렸다.

“너, 몰래 나를 감시했니?”

수많은 컴퓨터, 엄청난 성능, 그걸 통해 내가 내릴 수 있는 결론은 ‘감시’ 말고는 없었다.

“여기 너 말고 다른 사람도 있지? 나한테 전화한 사람은 어디 있어?”

신요한은 두 손을 천천히 내리더니 빙그레 웃었다.

“아, 그래! 그렇지. 그렇군.”

신요한은 혼자서 고개를 격하게 끄덕이더니 방 한가운데 놓인 원형 책상 앞에 앉았다. 신요한은 원형 책상 위에 놓인 노트북을 열더니 자판을 몇 번 두드리고는 터치패드를 눌렀다. 곧바로 아주 익숙한 목소리가 들렸다.

'그렇게 죽고 싶니?'

'그 짧은 시간도 기다리지 못할 만큼?'

'내가 누구인지는 나를 만나러 오면 곧 알게 될 거야'

'재미있는 거 보여 줄 테니까 나한테 와'

'어차피 죽으려고 했잖아. 아니면 그냥 죽으면 되잖아. 겁먹었니?'

'문자 보낼게. 그리로 와'

조금 전에 나와 통화를 했던 내용 그대로였다.

"너, 내가 한 통화를 몰래 녹음했어?"

나는 신요한을 째려보았고, 신요한 입술이 오른쪽으로 치켜 올라갔다. 신요한은 다시 터치패드를 눌렀다.

"재미있는 거 보여 준다고 했잖아."

바로 그 목소리였다.

"누구세요? 전화를 하시는 건가요?"

둘레를 두리번거렸다. 컴퓨터와 짙은 벽지 외에는 보이지 않았다.

"전화가 아니야. 나는 이 안에 있어. 그리고 너를 구해 내고 싶었어."

다정하고 따뜻했다. 그제야 나는 목소리 빛깔이 내게 신뢰감을 준다는 사실을 깨달았다. 의심은 사라졌고 믿음이 자리잡았다. 몇 마디 나누지도 않았는데 모르는 사람을 이렇게 신뢰하다니, 알 수 없는 노릇이었다. 나는 사람을 믿지 않는다. 믿을 만한 사람을 애초에 만난 적도 없다. 엄마조차 믿지 않는데 누구를 믿겠는가? 그런 내가 얼굴도 모르는 이를 신뢰하다니, 나조차 내 마음에 놀랄 지경이었다.

"도대체 어디에 계신 거죠? 만나고 싶어요."

진심이었다. 사람을 만나고 싶다는 마음, 어쩌면 태어나서 처음이었다.

"네 앞에 있잖아."

신요한이 삐죽 입을 내밀더니 노트북을 손가락으로 가리켰다.

"내가, 지금, 컴퓨터랑 대화를 나누는 거니?"

내가 그토록 신뢰하는 존재가 사람이 아니라니 당황스러웠다. 나는 노트북과 신요한을 번갈아보며 물었다. 내 눈동자가 심하게 떨렸다.

"맞기도 하고, 아니기도 해."

"무슨 말이야?"

"인공지능 프로그램으로 사람과 거의 동일한 대화 능력을 갖추었지만, 사람은 아니야. 그렇다고 그냥 컴퓨터 프로그램이라고 할 수도 없어. 나조차 이 프로그램이 사람과 다르다고 확신하지 못할 때도 가끔 있으니까. 그래서 이 프로그램과 네가 진짜 대화를 한다고 할 수도 있고, 아닐 수도 있어."

혼란스러웠다. 뭐가 어떻게 돌아가는지 헤아릴 수 없었다.

"난, 그냥, 궁금해."

나는 눈을 어디로 향해야 할지 마음을 정하지 못해서 신요한과 노트북을 또다시 번갈아 보았다.

"네가 무얼 궁금해 하는지 아주 잘 알아. 그리고 그 궁금증이 널 살렸고, 이곳까지 오게 했어."

신뢰감을 주는 목소리가 말했다.

나는 말없이 고개를 끄덕였다.

"몸으로 말하면 대화 알고리즘이 작동하지 않아. 말로 해 줘야 돼. 동작 감지를 통한 대화기술을 개발하고 싶기는 한데, 아직은 아니야."

신요한이 끼어들었다. 신요한은 입만 열면 말이 길다. 조금 짧게 말하면 좋겠다.

"하나만 알고 싶을 뿐이야. 내가 죽으려고 하는지 도대체 어떻게 알았어?"

신요한을 본 뒤, 노트북을 쳐다보며 내가 물었다.

"……."

이번에는 곧바로 대답이 나오지 않았다. 적절한 답을 찾지 못한 모양이었다. 신요한은 입술을 씰룩하더니 노트북을 닫아 버렸다.

"사람과 거의 맞먹는 대화 알고리즘을 장착한 인공지능 프로그램이지만 네 질문에는 답할 수가 없어. 그 질문은 개발자인 내가 허락하지 않으면 답할 수 없도록 보안 코드가 걸려 있거든. 사람은 변덕이 심해서 말실수를 하지만, 내 인공지능 프로그램은 그 어떤 경우에도 비밀을 지켜. 그러니까 사람보다 훨씬 나아. 쓸데없는 말도 안 하고……. 이제 곧 사람이 말로 사람을 설득하는 시대는 지나갈 거야. 사람끼리 대화도 필요 없는 시대가 올 거야. 사람은 실수투성이야. 서로 상처도 많이 주고, 괜히 잘못 말해서 싸우기도 하니까. 내가 개발한 인공지능 프로그램이 상용화되면 말 때문에 벌어지는 수많은 갈등 따위는 깨끗이 사라질 거야."

신요한은 또다시 길게 자랑질을 늘어놓았다. 신요한은 내가 자신을 대단하다고 인정해 주기를 바라며 자랑질을 늘어놓았지만 안타깝게도 나는 신요한이 무슨 말을 하는지 거의 알아들을 수 없었다. 신뢰감을 주는 목소리가 왜 내 질문에 답하지 못하는지 답답하기만 했다. 열 방법을 전혀 모르는 쇠문 앞에 선 듯했다. 내가 입은 추레한 옷처럼 내 몸도 마음도 너절하게 처져 갔다. 신요한과 길게 이야기하고 싶지 않았다. 이미 지나치게 많은 말을 했다. 한 달 동안 엄마와 주고받은 말보다 더 많았다. 조금만 더 입을 놀리면 내 몸 안을 채운 모든 장기가 밖으로 빠져나가고 나는 뼈와 가죽만 남을지도 모른다. 내가 알고 싶은 질문에 집중하기로 했다. 그 답만 얻으면 굳이 이곳에 머물 이유는 없었다.

"너, 카메라로 몰래 날 감시했니?"

이번에는 신요한을 똑바로 보고 물었다. 신요한은 내 눈과 마주치자 초점을 허공으로 옮겨 버렸다. 입이 살짝 벌어지고 볼도 발그레해졌는데 뭔가 신나는 표정이었다. 오른손 집게손가락으로 곱슬머리를 몇 번 꼬더니 노트북을 톡톡 치고는 내게 화면을 보여 주었다. 화면에는 복잡한 그래프와 숫자, 문자가 어지럽게 떠올랐다. 그래프와 숫자가 무엇을 뜻하는지는 알 수가 없었고, 문자도 온통 영어여서 해석할 수가 없었다. 나는 화면에서 눈을 뗐다.

"이게 도대체 뭐야? 나를 감시했냐고 물었더니 왜 이걸 보여 줘?"

"카메라로 감시하는 그런 멍청한 짓 따위는 안 해. 마지막 화면이나 봐."

다시 화면을 봤다. 새로운 그래프가 뜨고 어지러운 숫자가 움직이더니 Y축에서 빨간 선이 뻗어 나오고, 그 선 위로 시뻘건 글씨가 떠올랐다.

'Highest risk for suicide'

시뻘건 글씨는 깜박거리면서 점점 커졌다. 그러더니 글자가 바뀌며 붉은 빛이 화면을 가득 채웠다.

'DANGER'

'SUICIDE'

두 낱말이 번갈아 나타나며 긴급 상황임을 알렸다.

자초지종을 설명해 달라는데 자꾸 이상한 화면과 글자만 뜨니 답답했다.

"그러니까, 이게 뭐냐고?"

나는 영어를 잘하지 못한다. 영어 공부를 제대로 해 본 적이 없다. 영어 알파벳을 아는 것도 신기할 정도다.

"자살할 위험이 아주 높음!"

신요한은 굉장한 자랑을 늘어놓는 말투였다. 발그레한 볼이 분홍빛을 띠었다. 몽롱한 눈빛은 정신이 몽상과 현실 경계에서 헤매는 인상을 풍겼다. 신요한은 답을 명확하게 해 주었다고 여기는 듯했지만, 나로서는 아무런 답이 되지 못했다. 어쩌면 아무리 물어봐도 내가 원하는 답을 얻지 못할지도 모른다는 생각이 들었다. 슬슬 짜증이 났다. 짜증이란 감정을 언제 느껴봤는지 모르겠다. 신요한 때문에 내 삶이 깨지고 있었다. 안 하던 말도 많이 하고, 평온한 감정도 흔들렸다. 빨리 제대로 된 답을 듣고 그곳을 벗어나고 싶었다.

"그러니까, 이걸 어떻게 알았냐고 묻잖아. 왜 묻는 말에 대답은 안 하고 엉뚱한 말만 하는 거야."

내 말투에는 짜증이 그대로 묻어났다. 그러거나 말거나 신요한은 눈 하나 깜짝 안 했다.

"보여 줬잖아. 그러니까 내가 연구한 자살 위험 알고리즘……, 됐다. 좋아! 네가 알아듣기 쉽게 말할게. 컴퓨터가 알려 줬어. 네가 자살할 위험이 매우 높다고."

"카메라로 감시 안 했다며?"

나도 모르게 목소리가 커졌다. 아마도 내 기억으로는 내 삶에서 가장 큰 목소리였다.

"카메라 따위는 없어도 돼. 물론 하려면 CCTV 따위는 얼마든지 해킹할 수 있지만, 그런 건 안 해."

"그럼 도대체 뭔데?"

큰 소리로 말하지 않으려고 했지만 나도 모르게 목소리가 올라갔다.

"데이터!"

"데이터?"

"응!"

"그게 뭐?"

"한 일 년 전쯤에 심심해서 데이터로 자살을 예측하는 알고리즘을 만들어 본 적이 있어. 그냥 만들어 놓고 내버려두었는데, 컴퓨터 알고리즘이 스스로 자살 예측 확률을 학습하더니, 처음으로 위험을 확실히 알린 게 바로 너야. 오늘 빨간 글씨를 보고 까맣게 잊었던 일을 나도 다시 떠올렸어."

"컴퓨터가 스스로 학습한다고? 그게 말이 돼? 어디서 거짓말이야?"

내가 다그쳤지만 신요한은 어처구니없는 얼굴빛으로 대응했다.

"딥러닝, 신경망, 인공지능, 빅데이터……. 이런 말은 한 번도 안 들어 봤냐?"

언뜻 들어본 것 같기는 하지만 정확히 아는 말은 아니었다.

"내가 짠 알고리즘이 스스로 자살 예측 학습을 했어. 그게 어떻게 가능하냐면, 일단 알고리즘이란 게……."

"됐어. 알았어!"

그대로 두면 한정 없이 길게 내가 알아듣지도 못하는 강의를 늘어놓을 게 분명했기에, 얼른 말을 끊어 버렸다.

"네 말이 맞다고 쳐. 평소에 내가 자살 검색도 하고, 우울한 영상도 많이 보긴 했어. 좋아! 그래서 나를 컴퓨터가 추적했다고 쳐. 그런데 나는 오늘 아무것도 안 했어. 집에 와서 인터넷 접속을 아예 안 했다고. 컴퓨터도 안 켰고, 스마트폰은 아예 만지지도 않았어. 나는 아무것도 안 했는데, 컴퓨터가 어떻게 내가 자살하려고 마음먹은 줄 알아? 말이 안 되잖아?"

말이 지나치게 길었다. 길게 말하고 나니 숨이 찼다.

"그건 나도 몰라. 인공지능이 수많은 데이터를 검증하고, 학습해서 내린 결론이기 때문에 나는 알 수가 없어."

어처구니없는 답변이었다.

"네가 만들었다며?"

"물론 그렇지만, 다른 인공지능 개발자들도 마찬가지야. 자신들이 만들어 놓은 알고리즘 안에서 정확히 무슨 일이 벌어지는지 모두 다 아는 개발자는 없어."

"그게 말이 돼?"

"너는 네 머리에서 어떤 일이 벌어지는지 다 아니? 어차피 모르잖아. 몰라도 생각이 돌아가고 결정을 하는 데 별 지장은 없어. 인공지능도 마찬가지야. 나도 모르고 인공지능 스스로도 몰라. 그냥 복잡한 알고리즘에 따라 학습이 이루어지고, 결론이 나면 그걸 보여 줄 뿐이야."

어차피란 말에 확 끌렸다. 신요한이 하는 말이 거짓이 아닐 수도 있겠다는 판단이 얼핏 들었다.

"어차피란 낱말, 묘하게 끌리지? 안 그래?"

나는 속내를 들킨 듯하여 흠칫 놀랐다.

"그걸 어떻게?"

당황하면 안 되는데, 당황하면 약점이 잡히는데, 여러모로 좋지 않았다. 빨리 이 자리를 뜨는 게 좋을 듯했다.

"네 데이터가 엄청나게 많이 쌓여 있어. 네가 어떤 애인지 인공지능은 다 알아. 물론 너뿐 아니지만. 네가 어떤 말을 해야 마음이 움직이고, 어떤 목소리 빛깔에 끌리는지도 알아."

신뢰감을 주었던 컴퓨터 목소리가 생각났다. 말문이 막혔다.

"그럼 그 목소리가……."

"아까 이야기했잖아, 내가 만든 대화 프로그램은 사람처럼 쓸데없는 말은 안 한다고. 정확히 상대방 마음에 드는 말만 해. 목소리도 마찬가지야. 네가 좋아하고 믿을 만한 목소리 빛깔을 자동으로 만들어 내. 그게 어떻게 가능하냐고? 기본이 되는 알고리즘을 설명해 줄 수는 있지만, 모든 과정을 다 설명해 줄 수는 없어. 그건 아무도 몰라."

"그럼 문자를 받은 뒤. 전화를 걸 때까지 뜸을 들인 것도?"

"아마도, 그럴 거야. 바로 답하기보다 네가 가장 잘 받아들일 만한 시간에 딱 맞춰서 네 마음을 움직이는 말을 했을 거야. 그런 면에서 나는 짱이야. 내가 말이 많지? 너는 말 많은 거 딱 질색이잖아? 그치? 나도 알지만 어쩔 수가 없어. 말하고 싶어서 입이 근질근질한데 말할 대상이 없거든. 나는 네가 말이 별로 없어서 좋아. 말 많은 사람은 내 앞에서도 말을 많이 할 텐데, 그럼 내가 말을 많이 못 하는데, 너는 별다른 말이 없어서 내가 길게 말해도 되니까."

몽롱하던 눈에 검은 빛이 돌고, 치켜뜬 눈꼬리에 날카로움이 감돌았다. 말할 때마다 오른쪽으로 살짝 일그러지는 입은 삐뚤어진 집착을 보여 주는 듯했다.

"나는 너를 잘 알아. 물론 자살 위험 경고가 뜬 뒤에 확인한 거지만……. 자살 예측 프로그램이 네가 보내는 데이터를 일 년 동안 수집해서 분석한 결과를 보여 주었어. 아, 물론 내 진짜 비밀 기술은 자살 예측 프로그램 따위와는 견줄 수 없을 만큼 뛰어나지만……. 경고 신호를 보고 자살 예측 프로그램이 정확한지만 확인하려고 했는데, 물론 그러려면 네가 자살을 해야만 했겠지. 아무튼 그냥 지켜보려고만 했는데, 알고 보니 네가 같은 반이더라고. 네가 자살하면 귀찮은 일이 벌어질 듯했어. 괜히 경찰이 와서 조사하고 그럼 낮에 잠을 못 자잖아. 그딴 게 싫었어. 어떻게 하면 좋을지 고민하면서 자살 예측 프로그램이 네 자살 신호를 포착하기 전 데이터도 쭉 살펴봤는데, 그러니까 자살과 관련이 없는 데이터들도 종합해서 살펴봤는데, 아주 흥미진진하더라고. 아, 관련이 없는 데이터라는 건 내가 지닌 가장 으뜸 기술로 수집한 정보를 말하는 거야. 네가 디지털 세상에 남긴 모든 흔적들이 내가 원하기만 하면 자동으로 모이거든. 네가 남긴 데이터를 통해 파악한 너는 아주 재미있는 연구 대상으로 보였어. 너는 흔하지 않아. 아주 다르지. 있기는 한데 있다고 취급은 전혀 받지 않는 존재, 어쩌면 조금은 나와 닮았어. 크크크, 너도 그렇지만 나도 학교에서 존재감 없잖아? 아무튼 그런 게 끌렸어. 귀찮음과 흥미, 이 두 가지가 그 외에도 다른 게 있을지도 모르지만 내 뇌 속에서 무슨 일이 벌어졌는지는 나도 몰라. 이제 개발자도 인공지능이 어떻게 돌아가는지 모른다는 말을 이해하겠지? 그래서 너를 구하기로 결정하고, 대화 프로그램을 통해 널 나한테 끌어들인 거야."

신요한이 길게 늘어놓는 말을 일부러 끊지 않고 끝까지 들었다. 중간 중간에 옆길로 새서 내가 알고 싶은 정보를 온전히 파악하기는 어려웠지만 얼추 어림할 수는 있었다. 신요한은 내가 인터넷에 남긴 흔적을 모조리 긁어모아서 내가 어떤 생각을 하는지, 어떤 취향인지, 어떤 성격인지 대충 알아본 모양이다. 신요한은 나뿐 아니라 다른 사람도 언제든지 파악이 가능하다고도 했는데, 그게 얼마나 무시무시하고 위험한 능력인지 그 순간에는 전혀 알아채지 못했다. 아무튼 그때 내 관심사는 오직 하나밖에 없었다.

“그러니까, 카메라로 나를 엿보지도 않았다는 말이지?”

나는 다시 확인했다.

“당연하지.”

신요한은 입을 삐죽이며 두 손을 좌우로 들었다가 내려놓았다.

“내가 자살하려고 마음먹은 걸 컴퓨터가 어떻게 알아냈는지, 너는 모른다는 거지?”

신요한은 왼손으로 머리를 긁적거렸다.

“알았어. 그럼 나는 더 이상 여기 있을 까닭이 없네. 갈게.”

나는 의자에서 벌떡 일어나 쇠문으로 걸어갔다. 그곳에서 빨리 벗어나고 싶었다. 괜히 찾아왔다는 후회가 내 발걸음을 재촉했다.

“자, 자, 자, 잠깐!”

의자가 넘어지는 소리가 들렸다. 다급함과 간절함이 나를 붙잡았다. 나는 문손잡이를 잡은 채 멈췄다.

"내가, 어떤 일이 벌어졌는지 들여다볼게. 아마, 얼추 어떻게 됐는지 알 수 있을 거야."

나는 문손잡이를 놓고 다시 돌아와 의자에 앉았다.

"빨리 해. 오래 기다릴 생각 없으니까."

"아, 알았어."

신요한은 넘어진 의자를 세운 뒤 자리에 앉아서 노트북 자판을 빠르게 두들겼다. 비 내리는 소리가 들렸다. 조금 뒤 자판을 두드리는 소리가 멈추더니 마우스를 잡은 손이 빠르게 움직였다. 몸이 구부정해지고 입술은 살짝 열린 채 옆으로 비틀렸다. 깜박임을 잊은 눈꺼풀 아래로 무서운 광기에 휩싸인 눈빛이 빠르게 좌우를 오갔다.

뚜, 뚜, 뚜, 뚜~!

혀끝으로 입천장을 두드리는 소리가 들렸다. 점점 두들김이 빨라지고 눈동자 움직임도 빨라졌다.

"역시, 난 천재야!"

그 말과 함께 신요한은 모든 움직임을 멈췄다.

"알아냈니?"

신요한은 집게손가락 두 개로 관자놀이를 두 번 두들겼다.

"당연하지!"

"뭔데? 어떻게 알았어?"

신요한 입꼬리가 심하게 위로 올라갔다가 내려왔다.

"아무것도 안 해서야."

"무슨 말이야?"

"말 그대로, 네가 오늘, 갑자기, 아무것도 안 했기 때문이라고."

"뭐?"

"너는 뭐든 오랫동안 고민해. 결단력이 없어. 아주 우유부단해. 요즘 말로는 결정장애라고 하지. 그렇지만 오랫동안 고민하던 걸 실행하기로 마음먹으면 아주 잠깐 아무것도 안 해. 그러고는 그 어떤 사람보다 단호하게 움직이지. 아주 잠깐 멈춤, 그리고 앞뒤 따지지 않고 해 버리기. 그게 바로 너야."

내가 그런 성향이 있다고? 내가 그런 면이 있단 말이야? 내가? 나도 모르는 나를 컴퓨터가 안다고? 어떻게 그럴 수가 있지? 의문이 꼬리에 꼬리를 물고 일어나면서, 두려움이란 낯선 감정이 일어났다.

나는 이제껏 단 한 번도 두려움을 느껴 본 적이 없었다. 낯설고 외로운 세상에서 살아가려면 감정을 최대한 무디게 다스려야 했고, 무딘 감정 덕분에 내게 다정한 눈빛조차 주지 않는 무관심한 엄마와도 아무렇지 않게 지낼 수 있게 되었다. 내 이름도 모르는 선생님, 나를 투명 인간처럼 대하는 학생들 사이에서도 별 탈 없이 보낼 수 있게 되었다. 열여섯 살이 될 때까지 나는 그 어떤 상황에서도 두려움이란 감정을 느낀 적이 없다. 다들 무서워서 소리를 질러 대는 공포영화마저 심심하게 느낄 정도였다.

"빅데이터 분석 프로그램이 제공하는 네 성향을 바탕으로 자살 예측 프로그램이 이상 징후를 포착했어. 평소에 엄청나게 자살에 대한 검색을 하던 네가 아무것도 하지 않는 순간, 네가 자살을 결심하고 실행할 단계에 접어들었다고 판단한 거야."

신요한은, 아니 신요한이 만든 컴퓨터 프로그램은 나를 완전히 꿰뚫고 있었다. 어떤 면에서는 나보다 나를 더 잘 알았다. 무슨 말을 해야 할지 갈피를 잡을 수 없었다. 궁금증은 풀렸다. 궁금증을 풀면 곧바로 나갈 생각이었는데, 그럴 수가 없었다. 깔끔하던 내 머릿속이 꼬맹이들이 방방 뛰며 장난을 친 장난감 방처럼 지저분해졌다.

"마지막으로, 하나만 물을게."

나는 헝클어진 머릿속에서 질문 하나를 간신히 꺼냈다.

"나를 왜 이리 부른 거야? 그냥 안 죽게만 하면 됐잖아."

"아……. 그거! 그건……."

신요한은 동그랗게 구부렸던 몸을 느릿하게 폈다. 노트북을 쓰다듬던 두 손이 떠오르고, 손가락은 각기 다른 꼴을 하며 꿈틀거렸다. 눈은 아슬아슬하게 감기면서 살그머니 흔들렸다. 무료함과 즐거움이 맥놀이를 하며 입술을 타고 흘렀다.

"너랑 친구가 되고 싶어서."

디지털 세계에 비밀은 없다

아침에 그냥 나오려다 엄마가 자는 방문을 가만히 열었다. 빛 한 줌 들어오지 않는 어둠 속에서 엄마는 곤히 잠들어 있었다. 엄마는 잠을 조금이라도 방해하면 버럭 짜증을 낸다. 아주 어릴 때 몇 번 그런 일을 겪고 난 뒤에는 엄마가 자면 아예 가까이 가지를 않았다. 화장실을 쓰면 시끄러운 소리가 나기에 웬만하면 화장실도 가지 않았다. 숨을 20번 쉰 뒤에 문을 닫았다. 현관문도 아주 조심스럽게 열고 닫았다.

교실에 와서는 곧바로 신요한부터 찾았지만 보이지 않았다. 자리에 앉으며 늘 보던 혜미 쪽으로 고개를 돌리다 얼른 머리를 숙였다. 나를 쳐다보는 혜미와 눈이 마주쳤기 때문이다. 잠깐 고개를 푹 숙이고 있다가 눈치를 보며 고개를 들었다. 혜미는 공책을 펴놓고 손으로 짚어

가며 채하빈과 진지한 대화를 나누고 있었다. 나를 쳐다본 느낌은 착각인 듯했다. 아니 착각이 분명했다. 아무도 나에게 관심이 없다. 누가 나를 봐주길 바라는 마음 따위는 없었는데, 신요한과 만나고 나서 부질없는 기대감이 움튼 모양이다.

나와 친구가 되고 싶다니, 말도 안 되는 바람이었다. 나는 외톨이다. 나에게 친구는 없다. 신요한도 친구가 없다. 둘이 친구가 된다면, 외톨이들끼리 맺는 관계다. 지질이도 못나 보이는 관계다. 나는 혜미처럼 멋진 친구를 두고 싶다. 물론 이룰 수 없는 소망이다. 터놓고 말해서 나 같은 사람에게는 신요한도 과분하다. 가타부타 대답을 않고 신요한 집에서 나온 뒤 내내 싱숭생숭했다. 늦은 밤까지 뒤척이느라 잠도 제대로 못 잤다. 워낙 늦은 시간까지 뒤척이느라 아침에 햇살이 눈을 강렬하게 쓰다듬지 않았다면 제대로 일어나지도 못할 만큼 피곤했다.

신요한이 뒷문으로 들어왔다. 머리카락은 부스스하고 눈은 퀭하고 얼굴빛은 초췌하고 어깨는 구부정하고 발걸음은 무거웠다. 자리에 앉자마자 신요한은 책상에 엎드렸다. 담임이 들어와도 1교시 종이 울려도 꿈쩍도 하지 않았다. 작은 움직임조차 없이 줄기차게 엎드려 잤다. 2교시 끝날 때쯤 잠깐 꿈틀거리더니 점심 먹을 때까지 움직임이 없었다. 점심시간에는 뒤늦게 식당에 나타나더니 몇 술 먹는 둥 마는 둥 하고는 식판을 반납했다. 잠깐 화장실에 들른 뒤에 교실로 돌아왔고, 자리에 앉자마자 또다시 엎드려 잤다. 신요한은 오후 수업이 끝날 때까지 눈 한 번 뜨지 않고 꿈틀하지도 않고 잠만 잤다. 그 사이에 아무도 신요한을 건드리지 않았을 뿐 아니라 눈길조차 주지 않았다. 학생이든 선생님이든 마찬가지였다. 내가 눈을 뜬 채로 투명 인간 취급을 당한다면 신요한은 눈을 감은 채로 투명 인간 취급을 당하고 있었다. 사람 지켜보기라면 자신 있는 나조차 신요한이 워낙 움직임이 없으니 관찰이 지겹고 심심할 정도였다.

역시 오늘 하루도 내 입은 움직일 기회가 없었다. 아침에 혜미와 찰나같이 눈이 마주친 걸 빼면 아무와도 눈을 마주치지 않았다. 혜미와 눈을 마주쳤다는 생각조차 어쩌면 착각일 가능성이 높았다. 이대로 학교 일정이 끝나면 나는 또 홀로 집에서 보내야 한다. 지겹고 심심한 시간을 또 견뎌야 한다. 이 지긋지긋한 삶을 어제 그냥 끝내 버리는 게 옳았다. 신요한은 나와 친구를 하겠다고 하는데, 어쩌면 나와 같은 투명 인간에게 가장 어울리는 친구인지도 모르겠다. 그래 봤자 칙칙한 빛깔로만 가득한 내 삶이 다른 빛깔로 채워질 가능성은 없었다.

내 삶에는 말이 없다. 관계도 없다. 나에게는 오직 빛뿐이었다. 오직 빛이 꽃무리가 되어 내 삶을 채워 왔다. 빛이 산산이 흩어지며 희뿌연 춤을 추면, 어지러운 흐느낌이 제각기 잔상이 되어 텅 빈 내 삶을 그나마 위로해 주었다. 이제는 그 빛마저 지겹다. 잔상들이 잿빛으로만 흐느낄 때 나에게 삶과 사라짐은 나뉘지 않는다. 굳이 이 삶을 버틸 까닭이 없다. 다시 어제라는 시간으로 내 감정은 되돌아갔고, 나는 아마 마지막 선택을 해야 할 것이다.

공동현관 앞에서 비밀번호를 누르려다 깊은 한숨을 내쉬었다. 이제이 문을 지날 일이 다시는 없으리라 생각하니 아쉬움인지 미련인지 모를 감정으로 손끝이 아렸다.

삐이이익~~ 삐이이익~~~

주머니 속에서 전화기가 부들부들 떨었다. 전화기를 꺼냈다.

'오늘 보자'

신요한이 보낸 문자였다. 신요한을 다시 보고 싶지는 않았다. 신요한과 보낸 시간은 흥미롭지 않을 뿐 아니라 껄끄럽기만 했다. 다만 그 목소리는 다시 듣고 싶었다. 컴퓨터가 만들어 낸 소리라는 사실은 알지만 그렇다고 해도 그 목소리가 주는 편안함은 다시 맛보고 싶었다. 신요한은 싫지만 그 목소리는 듣고 싶었기에 긍정과 부정 사이에서 혼란을 느끼는데 또다시 문자가 왔다.

'돈가스를 맛있게 하는 가게를 알아'

돈가스라니……!

갑자기 마음이 확 끌렸다. 돈가스라는 낱말은 결코 잊고 싶지 않은 추억이 함께한다. 내 기억 속에서 엄마와 가끔 나가서 먹던 음식이 바로 돈가스였다. 내가 알기로 엄마가 가장 좋아하는 음식이 돈가스다. 아주 어릴 때였지만 어쩌다 엄마와 같이 먹는 돈가스는 엄마가 내게 주는 유일한 정이었다. 돈가스를 먹을 때만 엄마는 내게 다정했고, 그때 쌓인 다정함이 나를 열여섯이 될 때까지 지탱해 주었다. 추억은 남아 있지만 그 힘은 사라져 버렸다. 더는 추억이 힘이 될 수 없다는 상실감은 내가 이 땅에서 사라지겠다고 마음먹게 만든 주된 동기 가운데 하나였다. 그런 돈가스를 신요한이 먹자고 하다니……!

이게 우연일까, 아니면 그 빅데이터를 분석하는 알고리즘인지 뭔지가 나만 간직한 추억마저 알아내서 내 마음을 뒤흔드는 걸까? 나로서는 알 수가 없었다. 우연이든, 빅데이터든 간에 돈가스는 내 마음을 움직였고, 나는 같이 먹자고 했다. 아주 오래전 엄마와 먹었던 추억을 되새길 수 있다면 신요한이 떠벌리는 이상한 소리 따위는 참아 주겠다고 마음먹었다.

가게는 그리 크지 않았고 옛날 느낌이 물씬 풍겼다. 까만 식탁에 푸른빛 무늬를 새긴 망사 천이 무척 정갈했다. 모자 모양으로 예쁘게 접은 분홍빛 천이 옛일을 되살렸다. 엄마는 돈가스를 먹기 전에 늘 예쁜 천을 무릎에 가지런히 놓게 했다. 그러면서 옷을 매만져 주고 흐트러진 머리카락도 슬며시 건드렸다. 옛날에 엄마는 분홍빛을 참 좋아했다. 지금은 어떤 빛깔을 좋아하는지 잘 모르겠다. 익숙한 듯 낯설었다. 되살리고 싶은 추억이었는데 막상 어린 시절 느낌과 엇비슷한 곳에 오니 오지 말아야 할 곳에 온 듯 어색했다.

"걱정 마. 학교 애들은 안 와."

신요한은 노트북 컴퓨터가 든 가방을 옆에 내려놓으며 말했다. 뜬금없는 말이어서 눈을 동그랗게 뜨고 신요한을 봤다.

"단 한 명도 이 근처에 온 적이 없어. 움직이는 경로를 철저히 분석하고, 네 취향을 고려해서 선택한 경양식집이야. 그러니까 마음 놓아도 돼."

아무래도 신요한은 내가 안절부절못하는 모습을 보고 혹시라도 학교 애들이 올지도 몰라서 내가 걱정한다고 판단한 모양이었다. 컴퓨터로 내 모든 걸 다 아는 듯 잘난 척하는 신요한이 이런 사소한 오해를 하는 걸 보니 헛웃음이 나왔다.

내 웃음을 보고 신요한은 밝게 웃었다. 아주 환한 웃음을 지었는데 아주 만족스러운 표정이었다. 난 헛웃음이었는데, 어처구니가 없어서 웃었는데, 신요한은 그 웃음을 다르게 받아들인 듯했다. 나도 참 사람과 이야기할 줄 모르고 어울릴 줄 모르지만 신요한은 나보다 훨씬 심각한 수준이었다.

"나만 믿으라니까. 학교 애들 움직임 따위는 다 내 손 안에 있어."

학교 애들 속에는 나도 속한다. 그렇다는 말은 내가 어떻게 움직이는지도 속속들이 안다는 뜻이다. 써늘한 기운이 등골을 스쳤다.

"그걸 어떻게 다 알아?"

신요한은 말없이 식탁 위에 놓은 내 전화기를 톡톡 건드렸다.

"전화기 위치를 추적하는 거야? 위치 추적을 꺼 놓으면……."

"끄든 말든 상관없어. 인터넷 세상에 접속한 모든 기기는 그 위치를 추적할 수 있어. 그리고 혹시라도 사각지대가 생기면 애들이 다니는 학원 위치로 움직임을 파악할 수 있지. 부모들과 같이 움직이면 자동차 이동경로, 신용카드 사용정보 등을 종합해서 파악할 수도 있고. 내가 쓰는 기술은 아니지만 CCTV를 비롯해 수많은 카메라도 있어.

CCTV가 요즘은 네트워크로 이어져서 보려고만 하면 아주 쉬워. 안면 인식 기술과 영상정보를 결합하면 사람이 어디에 어떻게 있는지도 아는 거야 식은 죽 먹기야. 아, 물론 나는 그런 것까지는 안 해. 할 수는 있지만 내 관심사는 그게 아니거든. 나는 사람들 마음을 알고 싶고, 그 마음을 조종하고 싶어. 꽁꽁 감춰 둔 속내를 파악하는 게 재미있거든. 겉으로 그럴싸해 보이는 사람도 속으로는 이상한 사람이 얼마나 많은 줄 아니?"

그대로 두면 또다시 하염없이 말이 늘어질까 봐 일부러 끼어들었다. 자랑질을 반박하고 싶기도 했다.

"말 잘했네. 겉으로 그럴싸한 사람이 이상한 경우도 많다며. 그럼 이 가게에 오지 않던 사람이 갑자기 올 수도 있잖아. 느닷없이 돈가스를 먹고 싶은 애가 부모님을 설득해서 이곳으로 올 수도 있잖아. 안 그래?"

"아, 물론 그렇지. 사람이니까 그럴 수도 있는데, 그렇다고 해도 그건 지극히 확률이 낮아. 우리 학교 애들이 이 가게에 오늘 이 시간에 오지 않을 확률은 무려 98.34%야. 그건 거의 없다는 말이나 마찬가지라고."

"그래도 1% 조금 넘게는 있잖아. 나타나면 어쩔 거야?"

신요한 왼쪽 눈 아래 볼이 파르르 떨렸다. 눈동자가 불안감에 떨며 빠르게 움직였다. 식탁 위에 올려놓은 오른손 손가락이 아주 빠르게 움직였다.

"쩝! 이런 건 안 하려고 했는데, 가능성이 아주 없는 건 아니니……."

신요한은 노트북 컴퓨터를 꺼내더니 무릎에 놓았다. 그러고는 아주 빠르게 자판을 두들겼다. 손이 워낙 빨라서 뭘 하는지 알 수가 없었다. 마우스 패드를 몇 번 누른 뒤 신요한은 노트북 컴퓨터를 바로 옆 의자에 내려놓았다. 화면을 보니 동그란 원이 빙글빙글 돌아가는 모습만 보였다.

"이제 걱정 말아. 혹시라도 학교 애들이나 관련 가족이 이 가게 쪽으로 오면 신호가 올 거야. 아무리 늦어도 5분 이내 거리로 접근하면 다 알 수 있어."

신요한은 그렇게 말하며 등을 의자에 기댔다. 얼굴은 몰라보게 편안해졌고 한편으로는 자부심이 넘쳐흘렀다.

"이 가게는 돈가스를 아주 잘해. 소문은 많이 안 났지만, 다녀온 사람들은 아주 좋아해. 인심도 좋고, 솜씨도 좋고, 깔끔해. 다만 주인이 모든 걸 혼자 해서 조금 느려. 그건 그러려니 하고 받아들여야 해."

"여기, 많이 와 봤나 보네."

"아니. 와 본 적 없어."

대답이 기가 찼다.

"마치 와 본 듯이 이야기해 놓고서는……."

"넌 직접 겪어야 안다고 생각하니?"

나는 어떻게 대답할지 몰라 눈만 껌벅였다.

"세상은 거미줄처럼 이어져 있고, 모든 흔적은 데이터로 남아. 거대한 데이터 더미에서 잘 건져 올리기만 하면 거의 모든 걸 알 수 있는 세상이야."

또 그 이야기다. 더 듣고 싶지 않았다. 때마침 친절해 보이는 아저씨가 와서 주문을 받았다. 나는 치즈를 곁들인 돈가스를 주문했다. 신요한은 나와 같은 음식을 시켰다. 그때 가게 문이 열리며 젊은 연인들이 팔짱을 끼고 들어왔고, 뒤이어 가족으로 보이는 네 사람이 들어왔다. 나는 새로 온 손님과 가게 구석구석을 자세하게 살폈다. 내 시선이 다른 곳으로 향하고 있음에도 신요한은 끊임없이 말을 쏟아 냈다. 아무래도 천성인 듯했다. 하고 싶은 말이 저리 많은데 그동안 말 한마디 나누지 못하고 살았으니 그 답답함을 어떻게 견뎠는지 모르겠다. 나는 가게와 손님들로 향하던 눈길을 돌려 신요한을 지그시 바라봤다. 어차피 들을 말이라면 그나마 알아들을 수 있는 말을 듣고, 내 궁금증을 푸는 게 낫겠다 싶었다. 신요한 말대로 돈가스가 빨리 나오지 않을 낌새여서 빈 시간을 내 뜻대로 채우는 편이 나을 듯했다.

"너는 학교에서 맨날 잠만 자던데, 그래도 괜찮아?"

"아, 학교……, 배울 것도 없는데 뭘."

"부모님이 엄청 부자처럼 보이는데, 보통 그러면 공부 엄청 시키지 않아?"

"칫! 두 사람은 다 나한테 관심도 없어. 워낙 잘난 형과 누나 덕분이기도 하지만, 엄마가 나를 싫어하거든. 아빠는 원래부터 자기 일 말고는 관심도 없고."

엄마가 싫어한다는 말을 내뱉으면서도 신요한은 아무렇지 않은 말투였다. 나도 엄마가 나를 싫어할지도 모른다는, 아니 나를 거추장스럽게 여길지도 모른다는 생각을 숱하게 했다. 내가 엄마에게서 자유를 빼앗는 족쇄 같은 존재라고 느낄 때가 무척 많았다. 나는 그 생각을 할 때마다 가슴이 아리고 속이 쓰리다. 그런데 신요한은 그 아픈 말을 아무렇지 않게 내뱉었다.

"엄마가 나를 낳고 싶어서 낳은 게 아니거든. 내가 생겼을 때 나를 지우려고 했는데 일이 너무 바쁜 바람에 시기를 놓쳐서 어쩔 수 없이 나를 낳았어. 그 때문에 엄마 인생이 꼬였고, 나는 떼고 싶은데 떼지 못한 혹이 되었지. 물론 그 덕분에 나는 아주 자유롭게 컸지만."

그런 삭막한 이야기를 하면서도 신요한은 아무런 동요를 일으키지 않았다. 지나치게 담담해서 아주 사소한 문제처럼 들렸다. 신요한과 견주니 나는 무척 관심을 받고 있다는 착각마저 들었다. 따지고 보면 나도 그리 다른 처지가 아닌데 말이다. 더는 그 이야기를 하고 싶지 않았다. 화제를 돌리고 싶었다. 때마침 수프와 빵이 나왔다. 수프를 한입 먹었는데 입안을 부드럽게 어루만졌다. 고소한 향을 풍기는 빵은 입에 넣자마자 살살 녹으며 수프가 남긴 만족감을 더욱 북돋았다. 빵을 수프에 찍어 먹어 보았는데 서로 사귀는 연인처럼 달콤하게 어울렸다. 내가 만족스러워 하니 신요한은 활짝 웃으며 맛있게 먹었다. 칙칙한 과거가 밝은 맛으로 바뀌며 기분이 맑아졌다. 참 오랜만에 찾아온 맑은 기운에 흐뭇해하며, 돈가스를 먹으러 오기를 참 잘했다고 기뻐하는데, 느닷없는 욕설이 내 기분에 재를 뿌렸다.

욕설은 가족으로 보이는 네 사람이 앉은 곳에서 들렸다. 그들 입에서는 말끝마다 욕이 튀어나왔다. 네 사람 모두 입에 붙은 게 욕이었다. 더운데 에어컨 안 튼다고 욕을 했다. 아직 여름도 아니고 덥지도 않은데 말이다. 인테리어가 낡았다고도 욕을 했다. 내가 보기에는 더없이 깔끔한 인테리어다. 아저씨가 불친절하다는 욕도 했다. 도대체 더 친절하려면 어떻게 해야 하는 걸까? 무릎 꿇고 왕처럼 모시기라도 하라는 말인가? 나는 욕이 무척 거슬리는데 신요한은 그러지 않은 모양이다. 욕이 들리거나 말거나 자기 할 말만 끊임없이 늘어놓았다.

돈가스 요리가 나오지 않았다면 짜증이 나서 더는 못 견디고 나갔을 것이다. 돈가스는 화려하지는 않지만 정갈함이 돋보였다. 한 조각을 입에 넣었는데 소박한 맛이 혀를 기쁘게 했다. 오직 돈가스만 파는 그 고집을 알 만했다. 어린 시절 먹었던 그 맛과 흡사해서 더욱 좋았다. 그러나 그 기쁨을 오래 누리지 못했다. 우리가 돈가스를 받자 그 가족은 또다시 욕을 쏟아 내기 시작했다. 왜 자기들은 늦게 주냐면서 아저씨를 불러 반말을 하더니, 아저씨가 우리가 먼저 왔다고 하자 대놓고 욕을 했다. 자신들이 숫자도 많고 비싼 요리를 시켰는데 왜 늦게 주냐고 따졌다. 억지도 그런 억지가 없었다. 욕하는 가족이 몹시 거슬려서 맛있는 돈가스를 제대로 음미하지도 못했다. 이렇게 소중한 시간을 방해하는 욕 가족이 무척 거슬렸다.

“확실히 제대로 골랐어. 내 알고리즘이 잘못된 선택을 할 리가 없지. 그럼!”

신요한은 자화자찬을 늘어놓더니 방글거리며 정신없이 먹었다. 모처럼 맞이한 행복을 빼앗아가는 욕 가족이 몹시 불쾌했지만, 따질 배짱은 없었다. 한참 못된 말을 쏟아 내던 욕 가족은 요리가 나오자 잠시 조용해졌다. 그제야 맛에 집중할 수 있었다. 맛에 푹 빠지니 입안에서 그윽한 기쁨이 피어올랐다. 오랜만에 맛보는 진한 기쁨이었다. 죽기 바로 전에 나를 말려 주고 이렇게 맛있는 기쁨까지 맛보게 해 준 신요한이 고마웠다. 문득 신요한을 조금 더 알고 싶다는 궁금증이 생겼다.

“그런 건 어떻게 배웠어?”

돈가스 맛처럼 질문은 부드럽게 내 입을 타고 나왔다.

“그건…….”

돈가스가 입에 한가득인 탓에 말문이 막혔다. 신요한은 씹고 있던 돈가스를 재빨리 삼키고는 물을 한 모금 마셨다.

“엄마 덕분에 어릴 때부터 컴퓨터는 마음껏 썼어. 엄마가 IT 기업 고위 임원이라는 건 말했지?”

나는 고개를 끄덕였다.

“내가 여덟 살 때였을 거야. 한참 컴퓨터로 게임을 하는데 갑자기 화면에 이상한 그림과 글자가 나타나더니 컴퓨터가 엉망이 되어 버렸어. 그런 일이 생기면 보통 껐다가 다시 켜면 된다고 들어서 컴퓨터를 끈 뒤에 켰는데, 컴퓨터가 빠르게 돌아가더니 연기가 나는 거야. 멀쩡하던 컴퓨터가 연기까지 나며 망가져서 엄청 황당했는데, 알고 보니 어떤 놈이 내 컴퓨터를 해킹해서 악성 바이러스를 심어 놓은 거였어. 어찌나 부아가 치밀었는지 몰라. 정말 미치고 팔짝 뛸 지경이었어."

칼과 포크를 쥔 신요한 손이 부들부들 떨릴 만큼 힘이 들어갔다. 그때 일을 다시 떠올리며 격한 감정에 빠져든 모양이었다.

"그때부터 해킹과 컴퓨터바이러스를 공부했어. 복수하고 싶다는 일념 하나로 파고들었고, 6개월쯤 뒤에 내 컴퓨터를 해킹한 놈을 파악했지. 파악한 뒤에 어떻게 했냐고? 더 지독한 방법으로 해킹을 한 뒤에 아예 컴퓨터를 불태워 버렸어. 아마 집에 불이 나서 꽤나 고생을 했을 거야."

입이 오른쪽으로 못되게 일그러졌다. 복수에 성공한 쾌감이 볼을 붉게 물들였다. 잔인한 쾌감이 곱슬머리 위로 피어오르며 섬뜩한 기운을 드러냈다. 짧은 시간이었지만 분노와 쾌감이 뒤엉킨 모습은 괜한 질문을 했다는 후회를 불러일으켰다.

"그때부터 해킹과 컴퓨터바이러스 공부에 푹 빠져들었어. 학교 공부는 따분해서 하기 싫었는데, 엄마아빠는 내가 학교 공부 안 한다고 간섭하지 않았거든. 따로 가르쳐 준 사람은 없었고 그냥 혼자서 익혔는데……."

혼자서 익혔다는 말이 뜻밖이라서 돈가스를 먹던 움직임이 멈추었다.

"뭐 그런 감탄 어린 눈으로 우러러볼 것까지는 없고."

신요한은 돈가스를 작게 잘라서 우물우물 씹었다.

"그러다가 열두 살 때 어떤 카페에서 노트북을 두드리며 혼자 놀 때였는데, 카페에는 노트북을 쓰는 사람들이 많았는데 몰래 해킹해서 뒤져 보는 재미가 쏠쏠했거든. 그런 눈으로 보지 마. 심각한 짓은 안 했으니까. 가볍게 장난을 치긴 했지만……. 아무튼 그러고 노는데 이상한 보안프로그램을 쓰는 노트북을 발견했어. 나는 그럴 때 괜히 오기가 생겨. 그런데 허술하게도 공용 와이파이……."

신요한은 신나서 떠들다가 내 얼굴빛이 일그러진 걸 확인하더니 얼른 말을 집어삼켰다.

"간단히 말하면 그 사람 노트북을 해킹해서 빼 온 게 바로 빅데이터 알고리즘이야. 그날은 그냥 재미였는데 나중에 자세히 살펴보고 얼마나 놀랐는지 몰라. 개인이 디지털 세계에 남긴 모든 흔적, 그러니까 단순히 인터넷에 남긴 글이나 검색 기록, 방문한 곳뿐 아니라 물건 구입, 신용카드, 병원 진료, 자동차 운행 기록 등 모든 디지털 자료를 통합해서 개인이 어떤 사람인지 파악하는 알고리즘이었거든. 그 알고리즘은 바탕이 되는 개념과 기술은 확실했지만 아주 기초 수준이었는데, 내가 그걸 몇 해에 걸쳐 발전시켜서 이제는 아무도 넘볼 수 없는 수준까지……."

그때 갑자기 욕하는 소리가 다시 들렸다. 제법 큰 소리였기에 신요한도 말을 멈추고 소리가 나는 쪽을 봤다. 또다시 그 욕 가족이었다. 아빠로 보이는 사람은 일어나면서 계속 욕을 해 댔다. 욕은 따라 일어서는 아들을 향했는데 이딴 데가 뭐가 좋다고 오자고 했냐면서 아들을 꾸짖었다. 아들은 고개를 푹 숙이며 아빠 뒤꽁무니를 따랐고, 엄마와 딸로 보이는 사람들은 인상을 퍽퍽 쓰면서 가게 문을 발로 차고 나갔다. 아빠는 너 먹은 것은 네가 내라고 하면서 카드를 내밀면서 3인분만 결제하라고 했다. 그 와중에도 기분 나쁜 말을 잇달아 내뱉었다. 신용카드를 받아 든 아빠는 욕을 하며 아들 머리를 세게 치더니 문을 걷어차며 나가 버렸다.

“빅데이터를 모조리 쌓아 둘 만한 데이터센터가 내게 있었다면, 구글 같은 엄청난 데이터센터가 있었다면, 아, 정말, 그럼, 훨씬 더 놀라운 수준에 도달했을 텐데, 아쉽게도 나는 그 정도 돈이 없어. 그냥 외국 데이터센터에 돈을 주고 일부 데이터만 관리하고 있어. 아, 물론 비용이 한 달에 몇 백만 원은 들어가는데 그 정도는 엄마한테는 아무렇지 않은 돈이라 괜찮아.”

신요한은 계속 떠들었지만 내 귀에는 잘 들어오지 않았다. 못된 아들은 아빠가 나가자 계산대에 선 아저씨를 째려보며 욕을 내뱉고는 만 원짜리 두 장을 꺼내더니 집어던졌다. 만 원짜리 하나가 바닥에 떨어졌고 아저씨는 몸을 숙여 돈을 주웠다. 아저씨가 거스름돈을 주려고 하니 못된 아들은 손으로 거스름돈을 쥔 손을 쳤다. 그 바람에 아저씨 손에 들린 돈이 다시 떨어졌다. 못된 아들은 바닥에 침을 뱉고는 문을 발로 차면서 나갔다.

“내가 스무 살이 되면 이걸로 새로운 기업을 세울 거야. 그래서 이런 저런 연구를 하고 있어. 네 자살을 막은 연구는 심심해서 했던 프로젝트 가운데 하나였고. 내가 가장 힘을 기울이는 프로젝트가 뭔지 알아?"

아저씨는 아무렇지도 않게 바닥에 떨어진 돈을 줍고, 침이 묻은 바닥을 닦았다. 내게 이런 소중한 식사를 선물해 준 아저씨가 저런 취급을 받으니 울컥 슬픔과 분노가 치밀었다.

"그건 말이야. 바로 사람들이 특정한 상황에서 어떤 ……."

"야!"

나는 아저씨를 향하던 눈길을 돌려 신요한을 째려봤다.

"너, 저딴 인간들은 어떻게 할 수 없어?"

"저딴 인간들이라니……, 무슨?"

"너도 방금 봤잖아."

"뭘?"

맙소사! 모든 소리가 다 들리고, 다 보이는 공간에서 욕설을 내뱉고, 돈을 집어던지고, 침을 뱉는 짓을 했는데 어떻게 모를 수가 있을까? 정말 어처구니가 없었다.

"왜 그러는데?"

신요한은 내가 무슨 말을 하는지 정말 모르는 눈치였다. 아무래도 신요한은 자기 관심이 가는 일 외에는 아예 뇌를 쓰지 않는 듯했다. 그러지 않고서는 설명할 수 없는 반응이었다. 나는 황당함과 짜증을 지그시 누르면서 욕 가족이 한 짓을 설명했다. 내가 어떻게 느끼는지, 내가 얼마나 화가 나는지도 덧붙였다. 내 이야기를 다 듣고도 신요한은 아무런 반응을 보이지 않았다.

"넌, 아무렇지 않아?"

"뭐가?"

여전히 같은 반응이었다. 이해할 수 없는 반응이었다.

"내가 다 말했는데 모르겠어?"

"말은 알아들었는데……."

신요한은 머리를 긁적였다.

"화가 안 나?"

"글쎄, 뭐… 별로……."

신요한은 뭐라고 답해야 할지 갈피를 잡지 못한 듯 입술이 떨리고 눈동자가 심하게 움직였다. 왼손으로는 머리카락 몇 올을 붙잡고 뱅글뱅글 돌렸고, 오른손은 쥐었다 폈다를 거듭했다. 아무래도 대화를 나누기에는 신요한이 만들었다는 대화 프로그램이 신요한보다 훨씬 나아 보였다. 그 프로그램과 대화를 나눌 때는 신뢰감이 생기고, 마음이 참 편했다. 사람보다 프로그램이 훨씬 낫다고 느끼다니, 몹시 기묘했다.

"그 알고리즘인지 뭔지가 그렇게 대단해?"

"물론!"

알고리즘으로 화제를 돌리자 어찌할 바를 모르며 꿈틀거리던 몸짓이 바로 멈췄다.

"아까 그 못된 가족, 알고리즘으로 혼내 줄 수 있어?"

"왜 혼을 내?"

설명을 다시 하려다 그만두었다. 구구절절 설명해도 공감할 신요한이 아니었다. 신요한에게는 감정을 설명해 봤자 쓸모가 없었다. 신요한을 움직일 방법은 아주 단순했다.

"내가 짜증 났고, 복수하고 싶으니까."

나는 일부러 가장 기분 나쁜 표정을 지었다.

"복수?"

몽롱하던 눈에 검은빛이 돌고, 치켜뜬 눈꼬리에 날카로움이 감돌았다. 입은 오른쪽으로 사납게 일그러지며 못되고 짜릿한 일을 벌일 준비를 마쳤다고 알렸다. 입꼬리 끝에 진 주름 사이로 단호한 공격성이 흐르고, 두 손으로 쓰다듬은 곱슬머리는 공격을 앞둔 메두사 머리처럼 꿈틀거렸다.

"그렇단 말이지."

신요한은 오른손 집게손가락으로 식탁을 톡톡 몇 번 치더니 오른쪽 의자에 내려놓은 노트북을 식탁에 올려놓았다. 돈가스가 조금 남아 있었지만 신요한은 더는 먹을 마음이 없어 보였다. 노트북 자판 위로 손가락이 빠르게 움직였다. 문득 그 못된 욕 가족이 누군지 전혀 모른다는 현실을 깨달았다. 혼을 내 주고 싶어도 대상이 누군지도 모르니 어찌할 방법이 없었다.

"누군지도 모르는데, 뭘 어떻게 하려고?"

내 말을 듣자 신요한은 빙그레 웃었다.

"왜 몰라. 방금 카드로 결제하고 나갔잖아."

"카드 결제? 그걸로 뭘 어떻게……."

"신용카드 정보야 껌이지."

신요한은 아무렇지도 않게 말했다. 신용카드 정보가 뜬다니, 그게 그렇게 아무나 쉽게 얻을 수 있는 정보일까?

"좋아. 어디 한번 어떤 사람인지 알아볼까……. 오, 이 사람은 이미 내 데이터베이스에서 분석 대상으로 삼고 있었네. 흐흐, 그럼 뭐 더 좋네……. 흠, 다른 가족들은 데이터에 흔적만 남기고 다 지워 버렸군……. 좋아, 그럼 다시 그 자료를 복구하고……. 과거 자료를 더 많이 끌어모으고……. 좋아, 좋아!"

신요한은 혼자 중얼거리면서 노트북을 한참 만졌다. 그 사이에 나는 돈가스를 다 먹었다. 후식으로 나온 음료와 과일도 돈가스 맛과 절묘하게 어울렸다. 그 욕 가족만 빼면 더할 나위 없이 완벽한 저녁 식사였다.

"자, 일단 됐다."

신요한은 둘레를 살피더니 내게 노트북 화면을 돌려서 보여 주었다. 그곳에는 조금 전에 나간 욕 가족 사진과 주소, 전화번호뿐 아니라 주민등록번호도 있었다. 재산과 주요 이동경로, 머무는 시간 등도 나와 있고, 스마트폰과 컴퓨터를 쓰는 습관도 정리되어 있었다. 그 욕 가족의 아빠는 특별한 직업 없이 건물을 여러 채 가진 부동산 부자였는데, 부동산을 통해 벌어들이는 돈이 얼마나 되고, 돈을 어떻게 쓰는지도 알 수 있었다. 그 외에도 은밀한 개인 정보가 무척 많았다.

"이게 도대체 어떻게 가능해?"

"0과 1로 이루어진 디지털 세계에서 비밀이란 없어. 신용카드, 자동차, CCTV, 감시카메라, 인터넷 검색, 페이스북, 인스타그램, 문자, 카카오톡, 검색 기록, 방문 기록, 댓글, 사진과 동영상, 유튜브, 게임, 인터넷 결제 등 요즘에는 모두 네트워크로 이어져 있어. 이제는 가전제품마저도 모조리 네트워크로 연결해서 통제하는 세상이야. 그러니까 디지털 세계에 널린 정보만 한 데로 모아서 분석하면 그 사람 전체를 모조리 알 수 있어. 나는 모든 걸 다 알아!"

모든 걸 다 안다는 말에 오만함과 자신감이 철철 넘쳐흘렀다. 신요한은 잘난 척할 만했다. 남들 모르게 모든 정보를 다 모아서 볼 수 있는 위치에 올라선 은밀한 정보수집가! 정말 대단한 능력이다. 그런데 그게 뭐 어쨌단 말인가? 그런 걸 다 안다고 그 욕 가족을 혼내 줄 수는 없지 않은가?

"참 대단하지만, 그 정보를 안다고 뭘 어쩌겠어? 그 욕 가족을 혼내 줄 수 있는 건 아니잖아."

나는 일부러 신요한을 깔보는 말투를 골랐다. 그 순간에 왜 그런 말투를 썼는지 모르겠지만 그 선택은 신요한 안에서 꿈틀거리던 과시 욕구를 극도로 자극한 게 분명했다.

"못 한다고? 크크크, 죽으려고 했던 네 마음도 뒤바꿨는데, 못 한다고?"

동그란 눈이 얍삽해지면서 눈꼬리가 치켜 올라갔다. 사악한 기운이 풍겼다. 갑자기 무서웠다. 정말 실현될 것 같았다. 하지 말라고 말려야겠다는 생각이 문득 들었다. 그때 나에게 맛있는 식사를 주신 아저씨가 욕 가족이 먹었던 식탁 위에 놓인 그릇을 치우는 모습이 눈에 들어왔다. 깊은 눈주름에 아련한 슬픔이 묻어났다. 짧고 약했지만 한숨도 들렸다. 피곤함과 아픔이 묻어나는 한숨이었다.

“하려면, 제대로 해! 대충 하지 말고. 실력을 보여 줘 봐.”

나는 모질게 말했다.

“걱정 마! 제대로 무너뜨려 버릴 테니까.”

신요한은 노트북을 다시 앞으로 끌고 가더니 재빠르게 손을 놀렸다.

“뭘, 어떻게 하는 거야?”

한참 지켜보다가 궁금해서 물었다.

“흠, 네가 알아듣게 설명하면… 컴퓨터에 명령을 입력할 거야. 약점을 찾아내서…….”

약점을 찾아서 폭로하는 방법이라니, 뻔한 답변에 조금은 실망했다.

“비밀이라도 찾아내서 밝히겠다는 거야?”

“뭐, 그런 게 있으면 간단하지. 그런 게 걸리면 가볍게 일이 끝날 거야. 하지만 그게 중심은 아니야.”

신요한은 노트북을 조금 더 만지더니 팔짱을 꼈다.

“사람은 허약한 동물이야. 스스로를 파멸로 몰아갈 선택을 자신도 모르게 하거든. 나는 그 사람들이 스스로를 망가뜨릴 선택을 하도록 만들 거야. 성향을 분석하고, 패가망신할 만한 가장 좋은 방법을 찾은 뒤, 가장 끌릴 만한 방법으로, 아주 적절한 순간에 유혹을 하는 거지. 거기에 끌려들지 않을 수 없어. 자신은 왜 끌려들어 가는지도 모르게 휘말려 들어가."

"무슨 말인지 잘 모르겠어."

"치킨을 예로 들어 볼게. 어떤 사람이 갑자기 치킨이 먹고 싶은데, 왜 먹고 싶은지 자신은 몰라. 그냥, 문득, 먹고 싶다고 생각해. 그렇지만 내 빅데이터 분석 알고리즘은 어떤 사람이 특정한 조건과 시간에 왜 치킨이 먹고 싶은지 알아. 자신도 모르게 오랫동안 해온 생각과 선택과 행동을 분석하고, 꼭 그 사람이 아니더라도 도플갱어 같은 사람들이 한 선택과 행동을 분석하면 왜 그 순간 치킨이 끌리는지 알 수 있지."

여전히 알아듣기 힘들었다.

"다른 말로 하면 어떤 특정한 상황과 조건이 갖추어졌을 때 치킨을 사 먹게 할 수도 있다는 거야. 자신은 스스로 선택했다고 믿겠지만 교묘하게 끌리게 만들 수 있지. 이제까지 광고는 막연한 효과를 기대하고 무수한 사람들에게 돈을 뿌려 댔지만, 내 기술을 이용하면 그런 멍청한 광고는 안 해도 돼. 물론 나만 이런 기술에 접근하고 있는 것은 아니야. 이미 기업들은 이걸 써먹고 있어. 나처럼 정교한 수준에 이르지 못했을 뿐이지. 내가 회사만 세우면, 크크크, 나는 엄마 아빠와는 견줄 수 없을 만큼 부자가 될 거야. 그러니까 나한테 잘 보여."

'허언증이 있냐?' 하고 쏘아붙이려다가 그만두었다. 제대로 다 헤아리지는 못했지만 얼추 어떤 방식인지는 알아들었다. 그리고 신요한 말대로 되리라는 확신마저 들었다.

"그래서, 그 못된 가족은 어떻게 혼내 줄 거야?"

"나 참, 방금 그렇게 얘기했는데…… 잠깐…. 음, 이렇게 간단한 거였네. 그 아빠는 간단하네. 벌써 분석이 나오다니, 음, 그 사람은 앞으로 도박에 빠지게 될 거야. 그것도 엄청나게 큰돈을 걸고 벌이는 도박에."

"도박? 그 사람이 도박에 빠질 거라는 걸 어떻게 알아?"

"내가 몇 번 말했잖아. 그 사람이 도박에 빠지게 되는 예상이 어떤 근거로 나왔는지는 정확히 알 수 없다고. 제대로 파악하려면 짧게는 몇 시간, 길게는 며칠 동안 들여다봐야 할지도 몰라. 어쨌든 욕 아저씨는 도박에 빠질 가능성이 96.34%로 나왔어. 그럼 빠지게 해 줘야지. 어떻게 빠지게 할지도 설명해야 하냐? 뭐, 아주 쉽게 말할게. 네가 나와 같이 밥 먹기 싫었지만, 돈가스란 말에 이끌려 나를 만나러 온 거와 똑같은 원리야. 이해했지?"

말문이 막혔다. 혹시나 했는데 내 어림이 맞았다니, 또다시 신요한이 무서워졌다.

"네가 좋아하는 그 목소리가 알려 주었어. 돈가스를 먹으러 가자고 하면 될 거라고."

좋아하는 목소리라고 하니 반감이 줄었다. 그저 컴퓨터로 만들어 낸 목소리일 뿐인데, 내가 도대체 왜 그러는지 모르겠다.

그날은 저녁 식사를 마치고 곧바로 집으로 왔다. 신요한이 자기 집으로 가자고 했지만 거절했다. 더 같이 있고 싶지 않았다. 그날 밤 나는 여느 날과 다름없이 홀로 집에서 머물렀다. 음악을 듣고 책을 읽었다. 습관처럼 만지던 스마트폰은 손도 대지 않았다. 내가 스마트폰을 건드리면 모조리 신요한이 알 수 있다고 생각하니 만질 수가 없었다.

＊ ＊ ＊

몇 달이 지난 뒤 신요한이 아무렇지 않게 사진 한 장을 내게 보여 주었을 때까지 욕 가족은 한 번도 우리 대화에서 거론되지 않았다. 어느 날, 신요한은 화려한 조명으로 눈부신 건물 앞을 지나가는 노숙자가 찍힌 사진을 보여 주었다.

"이게 뭐야?"

"이 사람, 모르겠어?"

"누군데?"

"그때 돈가스 집에서 네가 혼내 주라고 했던 그 사람이잖아."

"뭐? 이 노숙자가 그 사람이라고?"

"도박으로 그 많던 재산은 다 잃고, 빚까지 지고, 이렇게 노숙자가 됐어."

말문이 막혔다.

"제대로 혼내 준 거 맞지?"

신요한은 잘난 척하며 말했다. 나는 어떻게 반응해야 할지 종잡을 수 없었다. 여러 건물을 소유한 부자를 단 몇 달 사이에 노숙자로 만들어 버리는 게 가능할 거라고는 정말 생각지도 못했다. 무엇보다 이렇게까지 망하게 해 버리는 것이 혼내 준다는 말에 어울리는 결과인지도 가늠하기 어려웠다.

"이제 만족해?"

혼란에 빠진 나는 아무 말도 할 수 없었다.

만약 그때 당시, 그러니까 욕 가족을 혼내 달라고 말할 당시에 신요한이 무엇이든 할 수 있다는 말을 내가 정확히 이해했다면 나는 욕 가족을 혼내 주라는 요구를 안 했을 것이다. 그리고 그 뒤에 무심코 신요한에게 했던 부탁들도 하지 않았을 것이다. 나는 신요한이 입만 열면 자랑하는 빅데이터 분석 알고리즘이 얼마나 강력하고 무서운지 미처 다 알지도 못한 채 내 욕망과 감정이 이끄는 대로 신요한에게 내 바람을 전했고, 신요한은 내 바람을 충실히 이루어 주었다. 그게 나중에 어떤 끔찍한 악몽으로 이어질지도 모른 채!

삶을 바꾸는 무기, 빅데이터 알고리즘

늘 그렇듯이 출발은 아주 우연히 벌어진 작은 일 때문이었다. 돈가스를 먹고 난 다음 날부터 신요한은 늘 나를 보자고 했고, 나는 거절하려다가 신요한이 내거는 제안에 끌려 만나기를 거듭했다. 안 하려다가도 신요한이 제시한 제안이나 조건이 나도 모르게 내 마음을 움직여서 만날 수밖에 없었다. 열흘 정도 신요한을 만났고, 만날 때마다 신요한은 자기 자랑을 늘어놓았으며, 나는 지겨운 자랑질을 들어야만 했다. 귀담아 듣지는 않았지만 여러 번 듣다 보니 신요한이 하는 말이 대충 이해가 되기는 했다. 그렇다고 신요한이 으스대면서 하는 말을 모두 믿지는 않았다. 기껏 해 봐야 어떤 회사에서 개발한 프로그램을 몰래 훔쳐서 나름 고친 뒤에 부모가 마음껏 쓰라고 준 카드로 외국에 데이터를 보관하고 자기 집에서는 분석하고 연구하는 작업을 하는 게 전부였다. 그걸로 몇 가지 놀라운 일을 보여 주기는 했지만 그래 봤자 컴퓨터 게임에 빠져 사는 애들과 별반 차이가 없어 보였다.

물론 시간이 지난 뒤에는 그때 내가 했던 판단이 얼마나 어리석었는지 깨달았지만, 당시에는 신요한이 지닌 힘을 그리 대단하게 여기지 않았다. 신요한이 늘어놓는 자랑질에 질려 가던 어느 날, 나는 아주 작은 사건을 보았다. 그리고 자랑을 늘어놓는 신요한에게 조금 짜증이 나서 골탕 먹일 속셈으로 그렇게 잘났으면 내가 목격한 문제를 해결해 보라는 충동질을 했다. 그 작은 충동질이 출발이었다. 내 충동질은 신요한을 자극했고, 나는 그 일을 겪으며 '이것 봐라' 하는 생각에 자꾸 더 센 걸 요구하게 되었다. 그리고 마침내 내 인생까지 신요한 손에 넘겨 버리는 어리석은 짓을 벌이고 말았다.

그 작은 사건은 학교 수업을 마치고 돌아올 때 벌어졌다. 그날도 곤히 잠든 엄마 얼굴을 보고 학교에 와서 잠만 자는 신요한을 가끔 보고, 혜미를 비롯한 학급 애들을 관찰하며 하루를 보냈다. 아무와도 대화를 나누지 않는 그렇고 그런 날이었다. 문득 집으로 가는 똑같은 길을 벗어나고 싶었다. 가장 빠른 길로만 다녔는데 무슨 심산이었는지 조금 돌아가고 싶었다. 다른 삶을 살고 싶은 바람 때문일 수도 있고, 신요한이 예측할 수 없는 선택을 하고 싶다는 생각 때문일 수도 있다. 아니면 그날따라 맑고 푸른 하늘 때문일 수도 있다. 왜 그런지 모르겠지만 나는 중학생이 된 뒤에 단 한 번도 가지 않던 길을 걸어서 집으로 향했다. 그게 무슨 큰 용기를 발휘한 결정은 아니었다. 코에 바람이 들어서 발걸음을 옆으로 살짝 튼 정도였다. 그러나 그 작은 변화가 얼마나 큰 변화로 이어질지 그때는 미처 몰랐다.

맑은 하늘을 등에 지고 골목길을 골라서 걸었다. 말 그대로 하늘빛을 두르고 뭉게구름을 품은 하늘이 무척 마음에 들었다. 콘크리트 건물에 가게들과 자동차가 늘어선 골목은 뻔했지만 아파트로 직접 가는 길보다는 단조롭지 않아 좋았다. 인정하기 싫었지만 신요한 덕분에 내 삶에 작으나마 활력이 찾아왔고, 나 스스로도 그런 변화가 반가웠다. 한 걸음 한 걸음에 힘을 실어 걸었다. 약간 외진 곳까지 왔다가 방향을 틀어서 내가 사는 아파트 쪽으로 가는데 이상한 소리가 들렸다. 욕설과 신음이 뒤엉켜 들렸다. 여느 때 같으면 모른 척하고 지나갔을 텐데 그날따라 넘치는 에너지에 이끌려 소리가 나는 곳으로 향했다. 건물과 건물 사이, 아주 비좁은 공간에서 한 초등학교 여학생을 두 명이 괴롭히고 있었다. 둘이서 한 사람을 때리고 욕하는데 괴롭힘을 당하는 여학생은 꼼짝도 못한 채 그저 얻어맞다가 가끔 고통스러운 신음만 내뱉었다. 나는 세상 돌아가는 일에 관심이 없다. 남들이 어떻게 사는지는 밥 한 톨만큼도 관심이 없다. 교실에서 늘 애들을 관찰하지만 관찰은 그저 관찰일 뿐이다. 겉으로 드러난 모습을 눈에 담고 기억에 담는 걸로 끝이다. 그 순간에도 마찬가지였다. 나는 그저 가만히 관찰했다. 때리는 동작, 욕할 때 짓는 표정, 강한 자로서 누리는 허세, 얻어맞을 때

몸이 보이는 반응, 어떻게든 그 순간을 넘어가려는 비굴함 등을 가만히 눈에 담았다. 어쩌면 아주 흔한 사건이었다. 강한 자가 때리고 약한 자가 맞는 장면이야 새롭지도 않았다. 맞는 애가 불쌍하다거나 때리는 애가 못됐다는 판단도 들지 않았다. 나는 그저 지켜보았고 사건이 끝날 때까지 가만히 지켜보려고만 했다. 아마도 그 장면이 펼쳐지지 않았다면 하늘에 지나가는 구름처럼 그렇게 지나가는 풍경이 되었을 것이다.

"어머, 오빠!"

욕을 내뱉으며 매섭게 때리고 괴롭히던 애가 갑자기 콧소리를 내며 전화를 받았다.

"아니야. 나, 지금 학원 가려고 준비하고 있었지."

어떻게든 귀여운 목소리를 내려고 애쓰는 티가 팍팍 났다.

"아잉. 오빠만 좋으면 난 괜찮아. 9시? 응, 그리로 갈게. 그래, 오빠, 이따 봐."

그럴 수 있다. 자기가 좋아하는 오빠한테는 저런 상황에서도 목소리를 꾸밀 수 있다. 힘없는 애를 괴롭히면서, 욕을 내뱉던 그 입으로 귀여운 척하는 게 꼴 보기 싫지만, 그럴 수 있다. 그때까진 괜찮았다.

"나도 사랑해."

비위가 상했다.

'사랑'이라니……. 한 사람을 짐승보다 못하게 다루면서 '사랑'이라는 낱말을 입에 올리다니……. 속이 끓어 올랐다. 갑자기 치밀어 오르는 노여움에 나 스스로가 놀랐다. 뒷감당도 못하면서 저들 사이에 끼어들까 봐 걱정이 되었다. 나는 스스로를 겨우 달래며 그 자리를 벗어났다. 집에 가는 내내 '나도 사랑해'란 말이 용암처럼 부글부글 끓어오르며 뜨거운 독기를 내뿜었다. 집에 와서도 노여움이 좀처럼 가라앉지 않았다. 아니, 시간이 갈수록 더욱 강해졌다.

그래서 처음으로 내가 먼저 신요한에게 전화를 걸었다. 신요한이라도 만나지 않으면 나 자신을 다스리지 못하고 폭발해 버릴 듯했기 때문이다. 내가 전화를 하자 신요한은 아주 신나 하면서 빨리 오라고 했다. 나는 신요한을 보자마자 오늘 겪었던 일을 말했다. 늘 그렇듯이 신요한은 내가 목격한 사건에는 별 반응을 보이지 않았다.

"그 순간에… 그 말을… 내뱉다니……. 도저히… 견딜 수가…… 없었어."

내 말이 부들부들 떨리며 나왔다.

"화난 거야?"

이유를 물어 주기 바랐지만 신요한은 내가 왜 화를 내는지는 개의치 않았다. 그냥 내가 화가 났다는 사실에만 관심을 두었다. 섭섭했지만 한편으로는 다행이다 싶었다. 솔직히 나도 내가 왜 그 낱말을 듣고 스스로 통제할 수 없을 만큼 부글부글 끓어오르는지 몰랐기 때문이다.

"뭘 원해?"

오른쪽 입꼬리와 눈꼬리가 함께 올라갔다.

"괴롭힌 애들을 혼내 줄까?"

신이 난 목소리였다.

나는 가만히 머리를 앞뒤로 움직였다.

"당한 애가 누군지는 알아?"

그러고 보니 아무것도 아는 게 없었다.

"시간이랑 장소, 몇 학년쯤으로 보이는지 얘기해 봐."

나는 아주 자세하게 설명했다.

"좋아! 시간과 장소를 고려하면…… 학교가 두 군데로 추려지고…… 예상 학년을 얼추 고르면…… 흠, 이건 됐고. 머리 모양이나 얼굴에 특이한 점은 없었어?"

나는 늘 사람을 관찰하며 살았다. 그래서 사람 얼굴을 잘 기억한다. 나는 머리 모양을 비롯해 얼굴 특징을 아주 세세하게 전했다.

"아주 좋아.…… 이제 한번 쫙… 긁어모아 보자고. 흠."

조금 뒤 신요한은 내게 사진 몇 장을 보여 주었다.

"이 가운데… 있지?"

신요한은 확신에 차서 말했다.

따지고 보면 엄청나게 놀랄 일인데 익숙해져서 그런지 몰라도 그리 놀라지 않았다.

"위에서 둘째 사진이야."

안경을 썼지만 얼굴은 골목에서 봤을 때와 똑같았다.

"이런… 쩝. 첫째 사진이 가장 확률이 높다고 나왔는데…… 물론 확률로는 네가 고른 사진이랑 3%밖에 차이가 안 나지만……, 뭐가 문제인 거지…….”

신요한은 마우스로 사진이 보이는 화면을 없애려고 했다. 이럴 때는 재빨리 말려야 한다. 안 그러면 그냥 자기 하고 싶은 대로 해 버린다.

“걔가 누군지 알려 줄래.”

“아, 그렇지. 잠깐.”

신요한은 머리를 긁적이더니 다시 사진을 보여 주었다. 신요한이 마우스로 사진을 누르자 ‘임시연’이란 이름 아래로 관련 정보가 떴다.

“이제 괴롭힌 애들을 찾아야겠지?”

“걔들이 어떻게 생겼냐면…….”

“굳이 그러지 않아도 돼. 그 정도로 괴롭힐 애들이면 흔적이 많이 남아 있을 테니까.”

등이 구부러졌다. 강물이 굽이져 흐르는 듯 몸도 휘어져 컴퓨터에 골몰했다. 웅크린 앞쪽에 갇힌 작은 공간 안에 내 바람이 머물며 화면이 빠르게 움직이도록 했다.

“와~, ‘사이버불링’(Cyber Bullying)도 엄청나게 당하네.”

“사이버불링?”

“사이버 폭력 말이야. 뭐, 이건, 까딱하면 너처럼 죽으려고 할 판인데.”

결코 웃을 수 없는 정보를 전하면서도 신요한은 계속 빙글빙글 웃었다. 뭐가 그리 신나는지 웃음을 멈추지 않았다.

“오호……, 이 둘이 가장 앞장서서 괴롭히는군.”

화면에 뜬 사진 두 장은 내가 골목에서 봤던 바로 그 가해자들이었다. 사진을 보자마자 '사랑'이라는 말을 들었을 때 일었던 노여움이 다시 솟구쳤다.

"자, 이제 어떻게 해 줄……."

내 얼굴을 본 신요한은 말을 멈췄다. 내 얼굴이 모든 걸 말하고 있었기 때문이다. 괴롭힘을 당하는 애를 돕고자 하는 동정심 따위는 애초에 없었다. 나는 그냥 분노했고, 분노한 만큼 짓이겨 버리고 싶었다.

"알았어. 그렇단 말이지. 그럼 뭐 완전히 망가뜨려 줄게. 자, 이제 방법을 찾아볼까! 요즘 애들은 거의 모든 걸 디지털 세상에 남겨 놓기 때문에 어른들보다 훨씬 쉬워. 늘 인터넷에 자신을 연결해 놓고 모든 걸 드러내 놓고 살거든. 자기가 뭘 하는지도 모른 채 디지털 세상에 자신에 관한 모든 걸 남겨 놓다니…, 어쩌면 그렇게 멍청한지……. 그래서 내게는 신나는 놀이터지만, 크크크!!"

웃음에서 잔인함이 물씬 풍겼지만 그 순간에는 나도 노여움에 사로잡힌 상태였기에 대수롭지 않았다.

"오호, 사귄다는 오빠가 아주 익숙한 놈인데……."

화면에 뜬 사진을 보고 정말 깜짝 놀랐다. 귀 바로 위까지 빡빡 민 머리, 매서운 눈매, 강한 턱선, 바로 정근엽이었다. 스무 살이 넘어서 세 살 차이가 나는 사람끼리 사귀면 이상하지 않지만, 십대 초반에 세 살 차이는 아주 드물 수밖에 없다. 가끔 정근엽이 혜미에게 껄떡대는 장면이 떠올라 나도 모르게 눈살을 찌푸렸다.

"흠, 남들 괴롭힐 때는 동지인데… 뒤에서는 서로에 대한 험담도 종종 하네…… 하여튼 요즘 애들은 웃긴다니까……. 이것들 봐라, 취향이 아주 독특하군! 이걸 퍼트리면 꽤나 힘들겠어……. 자, 또 볼까. 잘나가는 선배들에게 딱 붙어 있군. 선배들에게 찍히게 만들면…."

신요한은 중얼거리면서 계속 작업을 진행했다. 신요한이 중얼거리는 말에서 어떤 방법을 쓰려는지 얼추 어림하기는 했지만 정확히 알기는 어려웠다. 세찬 물살을 품으려 점점 굽이굽이 휘어지는 강물처럼 신요한은 몸을 한없이 웅크렸다. 노트북과 신요한 사이에 만들어진 작은 공간에 갇힌 공기가 숨이 막힌 듯 흔들렸다. 신요한은 더 이상 중얼거리지도 않고 작업에 몰두했다. 심심해진 나는 하릴없이 방으로 눈길을 옮겼다. 방은 이미 내 눈에 익숙했기에 관찰을 해도 신선한 발견 따위는 없었다. 방을 쭉 훑고 다시 신요한에게 눈길을 옮기려는데 한 모니터에서 빨간 글씨가 떠올랐다. 분명히 언젠가 한 번 본 글씨였는데 언제 봤는지도, 무슨 뜻인지도 떠오르지 않았다. 시뻘건 글씨는 깜박거리면서 점점 커졌다. 깜박임! 커지는 글씨! 그리고…….

"아!"

화면에 뜬 영어가 무슨 뜻인지 기억이 났다.

'Highest risk for suicide'

이제 곧 화면은 붉은 빛으로 가득차고, 두 글자가 떠오를 것이다.

"신요한!"

내가 불렀지만 대답이 없었다. 신요한은 화면에 눈을 대고 여전히 작업 중이었다. 신요한은 일에 몰두하면 둘레에서 무슨 일이 벌어지는지 모른다. 아주 작은 변화만 생겨도 하는 일에 집중하지 못하고 예민하게 반응하는 나로서는 신요한이 신기했다. 여느 때 같으면 그러려니 했겠지만 상황이 상황인지라 그대로 둘 수 없었다.

"야!"

나는 소리를 버럭 내질렀다.

내 소리가 워낙 크고 다급했기에 신요한은 작업을 멈추고 나를 봤다.

"왜 그래?"

몰입하는 데 방해받아 짜증 난다는 기색이 역력한 반응이었다.

"저거 봐!"

나는 손가락으로 점점 빨갛게 변해 가는 모니터를 가리켰다.

내 손끝을 따라 눈길을 느긋하게 옮기던 신요한은 화면에 뜬 글씨를 확인하자마자 언제 그랬냐는 듯이 재빠르게 그 앞으로 움직였다. 그때 화면이 시뻘겋게 변하며 새로운 글씨가 떠올랐다.

'DANGER'

'SUICIDE'

자살 위험 신호였다.

"이… 이… 이런!"

신요한이 이렇게 당황한 모습을 보이기는 신요한을 만난 뒤 처음이었다.

"그 애야."

불안감이 엄습했다.

“누… 누… 구?”

설마는 늘 현실이 된다.

“임시연!”

“어떡해?”

신요한은 돌처럼 굳은 채 아무 말도 하지 않았다.

“구할 수 있지?”

여전히 대꾸가 없었다.

“나를 구했잖아. 나처럼 할 수 있지? 그렇지?”

신요한이 고개를 좌우로 느리게 움직였다.

“왜? 왜 안 돼?”

“이 애는, 그럴 만한 데이터가 부족해.”

“무슨 소리야?”

“데이터가 너무 없어. 너에 관한 데이터는 ‘빅데이터’(Big Dater)라 부를 만큼 넉넉했지만, 이 애는 그 정도가 아니야. 데이터가 많지 않아서 너한테 하던 식으로 하지 못해.”

신요한이 아무것도 할 수 없다고 하니 막막했다.

“방법이… 아무것도… 없는 거야?”

신요한은 두 손으로 깍지를 끼더니 턱을 괬다.

새빨간 껌벅임은 더욱 빨라졌다.

“신고해야지.”

"신고?"

"응."

"어디로?"

"경찰이나 119."

"그럼, 빨리 해."

신요한은 바로 옆에 있는 컴퓨터 앞으로 이동하더니 빠르게 손을 놀렸다.

"임시연… 너… 지금 어디 있니……."

주먹을 쥔 내 손이 바르르 떨렸다.

"위치가… 위…치…가…… 여기다."

지도 위에 빨간 점이 깜박였다.

"빨리 전화해야지 뭐 해!"

내가 다그쳤다.

"나는 내가 직접 전화 안 해. 기다려."

신요한은 옆 컴퓨터로 옮겨 가서는 또다시 재빠르게 마우스를 움직였다. 전화가 걸리고, 낯선 음성이 다급한 목소리로 경찰과 119에 각각 신고를 했다. 신요한이 컴퓨터로 만들어 낸 목소리였다. 나를 설득하던 목소리는 아니었다.

"잘… 되겠지?"

불안을 덜어 내려고 두 손을 꽉 잡았지만 떨림이 멈추지 않았다.

"신고했으니까 알아서 잘하겠지."

신요한은 심드렁한 대답을 내뱉고는 노트북 앞으로 되돌아갔다. 그러고는 임시연을 괴롭힌 가해자에 관한 정보를 수집하고 분석하는 작업에 다시 빠져들었다. 신요한이 하는 짓을 보니 어처구니가 없었다.

"너, 지금 뭐 해?"

"하던… 일하지, 뭐하겠어."

신요한은 아무렇지 않게 대꾸했다.

"지금 그거 할 때야?"

"둘을 혼내 주라며."

"아니, 임시연이 자살하려고 하는 상황에서 둘을 혼내 주는 게 먼저가 아니잖아."

신요한이 노트북에서 눈을 떼고 나를 빤히 쳐다봤다.

"신고도 했는데 뭘 더 해?"

신요한은 두 손을 살짝 들어 좌우로 벌렸다.

"더는 내가 할 수 있는 게 없어."

듣고 보니 그렇기는 했다. 아무리 임시연이 걱정된다고 해도 뭘 어떻게 해 볼 도리가 없었다. 그렇긴 하지만 신고하고 나서 아무렇지 않게 하던 일로 다시 돌아가는 신요한을 나로서는 인정할 수 없었다. 신요한에게 내 감정을 납득시키고 싶었지만 어떤 말을 해야 할지 제대로 고를 수 없었다. 말주변이 모자란 내 자신에 대한 답답함과 임시연에 대한 걱정이 뒤섞이며 감정이 격해졌다. 곧이어 눈시울이 붉어지고, 눈물 한 줄기가 왼 볼을 타고 흘렀다. 나를 가만히 보던 신요한은 머리를 긁적이더니 자리에서 일어나 구석진 곳에 놓인 책상으로 갔다. 책상 아래 종이상자를 열고는 노트북을 꺼냈다. 신요한이 계속 쓰던 노트북보다는 낡고 오래된 느낌이 드는 노트북이었다.

"이런 해킹은 옛날에 그만두었지만……."

오래된 노트북을 켜면서 신요한이 말했다.

"임시연이 있는 곳 근처 CCTV 중에서 해킹할 만한 게 있나 볼게."

임시연이 있는 곳을 보여 줌으로써 내 걱정을 조금이라도 덜어 주려는 의도였다. 본다고 해서 뭘 어떻게 할 수는 없지만 그래도 조금은 위안이 될 듯했다. 물론 일이 나쁘게 풀리면 가장 나쁜 사건을 목격할 수도 있었다. 어떤 까닭에서인지 모르지만 임시연에게 벌어질 일이 마치 앞으로 닥칠 내 운명이 될 듯했다.

보통 신요한이 작업에 몰두하면 끊임없이 중얼거리는데 그때는 입을 앙다문 채 한마디도 하지 않았다. 그동안 신요한이 자기 능력을 자랑하며 작업을 할 때면 나는 늘 심드렁했는데 그 순간에는 전혀 그럴 수 없었다. 빠른 손놀림에 따라 움직이는 화면에서 눈을 떼지 않았다. 화면에 온 신경을 집중시켰지만 신요한이 무엇을 하는지 알아차릴 만한 능력이 내게는 없었다. 그저 빠른 화면 전환을 놓치지 않으려고 온 신경을 곤두세울 뿐이었다.

"됐다!"

모니터에 사각형 CCTV 화면이 하나 떴는데 너무 작아서 잘 보이지 않았다. 자세히 보려고 모니터 쪽으로 바짝 다가가다 머리카락이 신요한 몸에 닿았다.

“큰 화면으로 보여 줄게. 저 모니터를 봐.”

신요한이 가리키는 모니터를 보니 CCTV 화면이 크게 떴다. 해상도가 높지 않았지만 화면 안에서 벌어지는 일을 알아볼 수는 있었다. 낡고 오래된 건물이 즐비한 거리 위로 불빛이 반짝이는 경찰차 2대와 응급차가 보였다. 희미한 가로등 불빛 아래로 경찰복을 입은 사람이 황급히 뛰어가는 모습이 보였다. 한동안 아무런 변화도 없이 똑같은 화면만 보였다. 변함없는 화면을 보며 제발 나쁜 일이 벌어지지 않기를 간절히 빌었다. 초조함에 지쳐 두 손으로 얼굴을 한 번 쓸어내리는데, 그때 응급차가 앞으로 움직였다. 화면 먼 쪽에서 사람들이 다급하게 움직이는 모습도 보였다. 화면이 뚜렷하지 않아 확신할 수는 없었지만 들것을 응급차로 옮기는 듯했다. 들것에 실린 사람이 임시연일 가능성이 매우 높았다. 들것에 실렸다면, 혹시 모를 일이었다. 불안감이 엄습했다. 몸이 부들부들 떨렸다. 굵은 눈물이 흘러내렸다. 응급차는 화면 밖으로 사라졌고, 경찰차 한 대도 그 뒤를 따랐다. 분주히 움직이는 사람들 모습이 보이더니 한두 명씩 화면 밖으로 사라졌다. 불길한 예감은 내 안에서 점점 현실로 바뀌어 갔고, 울음이 되어 흐느꼈다.

“여보세요.”

조금 전에 경찰과 119에 신고한 목소리가 들렸다. 눈물을 닦고 목소리가 들리는 쪽을 봤다. 신요한은 신고할 때 쓴 컴퓨터 앞에 있었다.

“학생이 자살하려고 한다고 조금 전에 신고한 사람인데요.”

"성함이 어떻게 되시죠?"

"임영철입니다."

"아, 임영철 님!"

"그 학생이 어떻게 됐는지 알고 싶어서요."

숨을 멈추었다.

"조금 외상이 있기는 한데, 다행히 생명에는 지장이 없습니다."

다행이다. 정말 다행이다.

"다행이네요."

"저, 그런데 그 학생이 자살하려는 건 어떻게 아셨어요? 그 학생이랑 관계가……."

신요한은 통화 프로그램을 꺼 버렸다.

"됐지?"

신요한은 의자에 앉은 채 몸을 빙글 돌렸다.

나는 살짝 웃으며 고개를 끄덕였다.

"자, 죽으려는 애는 구했고, 이제 가해자를 혼내 줘야겠지?"

나는 입을 앙다물고 고개를 세차게 끄덕였다.

"어떻게 할까? 약점을 알릴까…… 함정에 빠뜨릴까…… 인생을 꼬이게 만들까……, 어떻게 하면 좋겠어?"

쓰레기는 쓰레기통에 버려야 한다. 재활용하거나 재사용할 수 없는 쓰레기는 깨끗하게 소각해야 한다. 초등학교 6학년이면 법으로 제대로 처벌하지도 못한다. 반성문 쓰고, 다른 학교로 옮겨 가는 정도는 성에 차지 않는다. 무너뜨려야 한다. 다시는 일어서지 못하도록 짓밟아야 한다. 내 생각은 잔인한 복수를 향해 질주해 나갔다.

"걔들이 임시연을 괴롭힌 증거들, 다 있지?"

"뭐, 차고 넘치지."

"그걸 인터넷에 퍼트릴 수 있지?"

"당연히. 누가 올렸는지도 추적당하지 않고, 알고리즘을 이용해서 아주 빠르게 곳곳에 퍼트릴 수도 있고. 내일 아침이면 인터넷에서 이 사건이 아주 떠들썩하게 만들 수도 있어. 그렇게 해 줄까?"

나는 고개를 끄덕였다.

"어느 정도로 해 줘? 가해자 이름과 얼굴도 모조리 공개해 버려?"

물론 그래야 한다. 다시는 이 세상에 얼굴을 들고 다닐 수 없도록 만들어야 한다. 나는 다시 고개를 끄덕였다.

"좋았어. 충격이 센 걸로 골라 볼까……."

신요한은 임시연이 괴롭힘을 당한 증거들을 쭉 모으더니 슬쩍 보기만 해도 저절로 공분을 일으키게 구성했다. 영상도 만들었는데 짧고 간략했지만 가해자들이 얼마나 나쁜지를 잘 보여 주었다. 이러한 괴롭힘으로 인해 피해자가 자살을 시도해서 죽을 뻔했고, 경찰과 소방관들이 출동해서 겨우 구했다는 내용과 함께 마지막 부분에 가해자 이름과 학교, 얼굴을 올려놓았다.

"자, 이제 퍼트려 볼까……. 추적당하지 않게…… 가짜 사람을 만들고…… 좋았어. 이제 검색을 늘리고 퍼나르기를 해야지……. 댓글도 몇 개 달아 주고… 추천도……. 자! 됐다.”

신요한은 늘 그렇듯이 중얼거리며 작업을 했고, 방안에 보이는 모든 컴퓨터 화면이 빠르게 움직이며 신요한이 하는 작업을 보여 주었다. 정말 엄청난 속도로 영상과 글이 퍼졌으며, 빠르게 검색과 댓글이 자동으로 올라갔다. 처음에는 신요한이 만든 가짜 사람들이 올린 댓글이 대부분이었지만 곧이어 다른 사람들이 올린 댓글이 주렁주렁 달렸다. 글을 곳곳으로 퍼나르고, 영상을 공유하는 사람이 늘어났다. 처음에는 느렸지만 가속도가 붙자 엄청난 속도로 퍼져 나갔다. 화면은 글과 영상이 퍼져 나가는 통계를 보여 주었다.

“이만하면 됐어. 이제 알아서 될 거야.”

신요한이 작업을 마치자 방 안에 있던 모든 화면이 한꺼번에 바뀌었다.

그날 신요한과 헤어지며 처음으로 고맙다는 말을 했다. 신요한은 그때까지 단 한 번도 짓지 않던 해맑은 미소를 지어 보였다.

그다음 날, 인터넷은 신요한이 올린 글과 영상으로 시끄러웠다. 포털사이트 검색어에도 올라갔고, 심지어 뉴스에도 나왔다. 경찰과 학교 관계자 인터뷰도 나왔다. 뉴스 아래에 실린 댓글은 거의 다 가해자들을 비난하는 내용이었다. 욕도 많았는데 거슬리기보다 아주 통쾌했다. 하루 내내 관련된 내용을 살피느라 다른 애들을 관찰하지 못할 정도였다. 다 좋았는데 조금 걱정스러운 점도 있었다. 경찰이 개인정보가 담긴 글과 영상이 위법하다며 작성자를 추적 중이라는 뉴스를 보았기 때문이다. 신요한은 추적당하지 않을 거라고 자신했지만 걱정스러울 수밖에 없었다.

수업을 마치고 운동장을 혼자 걸었다. 앞에는 혜미와 채하빈이 친구들과 같이 수다를 떨며 걷고 있었다. 안 보는 척, 안 듣는 척했지만 내 온 감각은 혜미를 향했다. 저 사이에 낄 수 있다면 얼마나 좋을지 상상했다. 한참 즐거운 상상에 빠져서 걷는데 신요한에게서 전화가 왔다.

“너도 다 봤지? 끝내주지 않냐! 걔들 학교에서 난리가 났대. 경찰도 조사하러 들어가고, 학부모들과 시민들이 항의전화를 하도 많이 해서 학교 전화가 마비가 되었나 봐. 이제 걔들 둘은 끝났어.”

“그래, 잘됐네.”

내 관심사는 이미 임시연을 떠났기에 심드렁하게 대꾸했다.

활기찬 저 모둠 안에 나도 끼고 싶었다. 끼지 않아도 좋다. 그냥 혜미가 나를 아는 체하고, 나와 몇 마디 말을 나누기만 하면 좋겠다. 내가 왜 이리 혜미에게 끌리는지 모르겠다. 왜 그렇게 혜미와 친구가 되고 싶은지 모르겠다. 열여섯이 될 때까지 늘 외톨이로 지내왔고, 이미 외톨이가 익숙한데, 굳이 친구를 사귀고 싶어하는지 나도 내 마음을 모르겠다. 신요한이라면, 아니 빅데이터 알고리즘이라면 내가 왜 이러는지 알 수 있을까?

“뭐야? 뭔 일 있어?”

신요한도 내 말투에서 이상한 낌새를 눈치챈 듯했다.

"아냐. 그냥 쫌, 그래."

얼버무리는 말 속에 허전함이 짙은 그림자를 드리웠다.

"이따 올 거지?"

"응. 그럴게."

전화를 끊고 나서도 한동안 혜미 뒤를 따라 걸었다. 갈림길이 나오고 사라지는 혜미와 그 친구들을 우두커니 바라보았다. 이룰 수 없는 바람이었다. 나는 외톨이다. 외톨이가 더 어울리는 사람이다. 혼자여도 슬프지 않았는데 그 순간에는 외로움이 슬픔을 끌어들였다. 잿빛 안개가 내 심장을 잠식해 들어갔다. 청명한 하늘이 슬픔을 더 진하게 만들었다.

집에 가방을 놓고 옷을 갈아입었다. 일부러 요리를 해서 저녁을 거하게 차렸다. 나는 어릴 때부터 혼자 집에서 지냈기에 요리를 잘한다. 엄마보다 내가 요리를 훨씬 잘한다. 엄마는 라면을 끓여도 맛이 없다. 일부러 즐거운 음악을 틀어 놓고 흥얼거리며 요리를 했지만 기분은 그리 나아지지 않았다. 텔레비전을 보며 저녁을 먹을 때도 일부러 재미난 프로그램을 골랐지만 그리 즐겁지 않았다. 요리는 훌륭했지만 입맛은 없었다. 다 먹기 힘들었지만 억지로 다 삼켰다. 설거지를 다하고 나니 할 일이 없었다. 집은 깨끗하고 빨랫감도 없었기 때문이다. 멍하니 앉아 있으니 더욱 울적해졌다. 얼른 일어나서 밖으로 나왔다.

신요한은 보자마자 자기가 벌인 일이 얼마나 대단한 효과를 발휘했는지 자랑을 늘어놓았다. 우리나라 경찰 실력으로는 자신을 도저히 추적할 수 없을 거라며 한참 동안 경찰을 비웃기도 했다. 내 반응이 신통치 않자 자랑을 늘어놓던 신요한은 머리를 긁적이며 입을 다물었다. 그러더니 노트북 쪽으로 몸을 틀었다. 괜히 미안했다.

"저녁은 먹었어?"

내가 물었다.

"응."

"또 편의점 도시락 먹은 건 아니지?"

"아주 비싼 거 시켜 먹었어. 나 돈 많아."

돈이 많다고 하니 할 말이 없었다.

다시 올 때는 요리 재료를 사와서 신요한에게 맛있는 저녁을 해 줘야겠다는 생각이 잠깐 들었다. 그러다 부질없는 짓이다 싶어서 얼른 그 생각을 밖으로 밀어냈다. 요리가 사라진 빈 자리에 나도 모르게 혜미 생각이 밀고 들어왔다.

'어쩌면……'

잠깐 엉뚱한 생각이 스쳤다. 말도 안 된다 싶어서 요리와 마찬가지로 얼른 생각 밖으로 밀어냈다. 힘차게 밀어냈는데도 엉뚱한 생각은 다시 밀고 들어왔다. 이번에는 조금 더 셌다. 또 밀어냈지만 더 강하게 밀고 들어왔다. 밀어내면 밀어낼수록 잠깐 스쳤던 생각은 점점 커지고 단단해졌다.

'말도 안 돼'

'될 리가 없어'

'혹시 모르잖아'

'못하는 게 없으니까, 어쩌면'

'외톨이를 무슨 수로'

'어차피, 손해는 아니잖아'

'그래, 어차피, 안 되면 그만이지 뭐'

어차피란 말이 내게 확신을 심어 주었다.

"부탁이 있어."

내가 말했다.

"뭐?"

노트북에서 눈을 떼지 않은 채 신요한이 말했다.

"혜미 알지?"

"혜미? 혜미가 누군데?"

컴퓨터 안에서는 남들도 모르는 비밀을 모조리 알면서 같은 반 친구 이름도 모르다니 쓴웃음이 나왔다.

"윤혜미, 너와 나랑 같은 반이야."

"그래?"

신요한은 여전히 노트북만 보았다.

"나를 혜미와……."

잠시 망설였다.

신요한이 머리를 삐딱하게 기울인 채 나를 보았다.

"혜미와 친구가 되게 만들어 줘."

신요한 눈이 동그랗게 커지더니 몸을 틀어서 나를 정면으로 마주보았다.

"……?"

"혜미와 친구가 되고 싶어. 아주 친한 사이는 아니어도 좋아. 그냥 말 몇 마디라도 나누는 사이로만 만들어 주면 돼."

신요한은 영문을 모르겠다는 표정이었다.

이럴 때는 그냥 밀어붙이는 게 낫다. 신요한을 움직이게 하려면 자존심을 살짝 건드려야 한다.

"못 하는 건 아니지?"

내 의도는 맞아떨어졌다.

"못 하긴! 네가 왜 그러나 궁금했을 뿐이야. 좋아! 친하게 해 달라는 말이지?"

"응. 친구가 되게 해 줘."

나는 강하게 말했다.

"알았어. 그런데!"

신요한은 잠시 뜸을 들였다.

"그런데, 뭐?"

"네가 혜미와 친구가 되게 해 주면 내가 원하는 것도 하나 들어줘."

원하는 게 뭔지 모르는 상태에서 섣부르게 답할 수는 없었다. 아무리 내 바람이 강해도 다른 사람 뜻대로 움직이는 건 싫었다.

"뭐, 어려운 건 아니야. 불가능하거나 이상한 소원은 아닐 테니까 걱정 마.”

잠시 고민했지만 우려보다는 소망이 더 강했다.

“알았어. 그럴게.”

신요한은 활짝 웃더니 의자를 빙그르르 돌려서 노트북을 향해 자리를 잡았다.

“자! 어디 혜미가 누군지 볼까.”

조금 뒤 혜미 사진이 노트북에 떴다. 정말 빨랐다.

“오호, 이런 애였군.”

정보들이 하나씩 노트북 화면에 떠오를 때마다 기대와 함께 걱정도 같이 떠올랐다. 괜한 부탁을 했다는 후회였다. 강하게 후회를 떨쳐 냈다. 친구가 되고 싶었다. 왜 그런지 모르지만, 내 소망은 확실했고, 소망을 이룰 길이 보이는 이상 포기하고 싶지는 않았다. 나는 신요한에게 바짝 다가갔다.

진짜 너는 0과 1 속에 있다

집을 나서기 전에 엄마가 주무시는 방문을 열었다. 엄마는 늘 바르게 누워서 곤히 자는데 그날은 몸을 비틀고 이불도 걷어찬 채 잠들어 있었다. 얼굴에 피곤이 가득했다. 그렇게 힘들어 보이는 모습은 처음 접했기에 조금 걱정스러웠다. 엄마는 나에게 무관심한데, 터놓고 말하면 나도 엄마에게 무관심하다. 남들을 가만히 지켜보기를 즐겨 하는 나지만 단 한 번도 엄마를 가만히 살핀 적이 없다. 엄마를 보면 볼수록 살필수록 엄마가 힘겨워 보였다.

'신요한에게 부탁하면 엄마가 힘들어하는 이유를 알 수 있지 않을까?'

얼핏 든 생각을 얼른 밀쳐냈다. 그러고 싶지 않았다. 엄마만은 신요한에게 드러내고 싶지 않았다. 어쩌면 신요한은 이미 알고 있는지도 모르겠지만.

'엄마, 힘내!'

내뱉지 못한 말을 남기고 방문을 닫았다.

늘 그렇듯이 애들은 틈만 나면 스마트폰을 만졌다. 수업시간에만 스마트폰을 쓰지 않으면 선생님들도 스마트폰 사용을 허용해 주었다. 수업 도중에 만지다 걸리는 애들도 있는데 그러면 처음에는 경고, 다음에는 하루 동안 압수, 세 번째 걸리면 일주일 동안 스마트폰을 압수한다. 스마트폰을 학교에서 사용할 수 있도록 허용된 뒤에 많은 애들이 수업시간에도 몰래 스마트폰을 만졌지만 몇 번 압수를 당한 사례가 생긴 뒤에는 다들 수업시간에는 쓰지 않았다. 그러다 보니 쉬는 시간이 되면 일제히 스마트폰 불빛이 교실을 채운다.

신요한을 봤다. 신요한은 늘 그렇듯이 똑같은 자세로 잠만 잤다. 나보다 더 심하게 애들과 관계를 맺지 않고 지내지만, 신요한은 빅데이터를 이용해 애들이 어떤지 다 알 수 있다. 어쩌면 머릿속에는 없지만 컴퓨터로는 이미 모조리 파악하고 있는지도 모른다. 늘 잠만 자는 신요한이 애들을 모조리 파악할 수 있는 까닭은 모든 애들이 늘 스마트폰으로 자신을 드러내기 때문이다. 늘 자신을 드러내고 사는 애들과 그걸 모두 들여다볼 수 있는 신요한이 겹쳤다.

"사람들은 현실에서는 온갖 껍질을 쓰고 자신을 가리고 포장하지만, 인터넷에서는 모든 걸 솔직하게 드러내. 가릴 이유가 없거든. 그래서 현실 세계보다 가상 세계가 진실에 더 가까워."

신요한에게 이 말을 들었을 때는 얼토당토않다고 여겼는데 스마트폰을 늘 끼고 사는 애들을 보면서 어쩌면 신요한이 옳다는 생각이 들었다.

"그 사람 자신보다 내가 그 사람을 더 잘 알아!"

신요한은 오만하기 그지없는 말을 자주 했는데, 제대로 따지고 보면 무서운 말이었다. 혜미와 가까워지게 해 달라는 부탁을 괜히 한 것은 아닌지 걱정스러웠다.

요리를 해 주고 싶어서 일부러 빨리 갔다. 신요한은 늘 그렇듯이 즉석요리나 주문한 음식으로 때울 생각이었다.

"그냥 대충 먹으면 되지, 뭘……."

나는 신요한 말을 무시하고 요리를 하려고 부엌을 뒤졌다. 요리에 쓸 재료와 기본 양념이 거의 없을 뿐 아니라 심지어 요리에 쓸 도구마저 부실했다.

"이게 부엌이라니, 심하네."

내가 투덜거렸더니 신요한이 머리를 긁적였다.

"쓰지도 않는데 귀찮게 뭘."

화려한 1층 부엌이 떠올랐다.

"1층은 가면 안 되지?"

물어보나 마나였다.

신요한은 딱딱하게 굳은 얼굴로 대답을 대신했다.

"없어도 너무 없네."

아쉬움에 냉장고와 싱크대 문을 괜히 열고 닫았다.

"지금 구입하면 되잖아. 뭘 살까?"

"바로 살 수 있어?"

괜한 물음이었다. 신요한은 신용카드를 흔들어서 보여 주었다.

나는 주방과 냉장고를 살피며 구입할 요리기구와 식재료 목록을 빠르게 정리했다. 신요한은 내가 정리한 목록을 받자마자 인터넷으로 곧바로 구매했다.

"30분 뒤면 올 거야. 이건 백화점 RVIP카드라 배달도 빨라."

주문한 물품이 도착할 때까지 나는 신요한 뒤에 바짝 붙어서 신요한이 무엇을 하는지 지켜보았다. 꽤나 오랜 시간 지켜봤지만 여전히 화면에 떠오르는 수많은 문자와 숫자가 무엇을 뜻하는지는 알 수 없었다. 종종 그래프가 보였는데 나에게는 난해한 추상화와 다를 바 없었다. 그럼에도 나는 끈질기게 앉아서 지켜보았다. 가끔 보이는 한글과 사진을 볼 때만 뭘 하는지 조금은 알 수 있었다. 그런데 가끔 보이는 한글이나 사진이 혜미와는 아무런 관련이 없었다. 신요한이 혜미와 관련한 일을 하는 줄 알았던 나는 몹시 서운했다. 그렇지만 늘 그렇듯이 나는 내 감정을 드러내지는 않았다.

30분 뒤에 주문한 물건이 왔다. 신요한은 거들떠보지도 않고 자기 일만 했다. 나는 주방용품과 양념, 재료를 정리했다. 그러고는 아주 가벼운 면 요리를 했다. 멸치와 버섯과 양파와 다시마로 국물을 우려 냈다. 호박과 당근을 얇게 썰어서 들기름에 볶았다. 달걀 흰자와 노른자를 따로 나눠서 프라이팬으로 얇게 부친 뒤 잘게 썰었다. 국수를 삶은 뒤 호박과 당근, 달걀로 만든 고명을 얹었다. 배추김치도 예쁘게 썰어서 놓았다. 요리를 마무리한 뒤에 신요한을 불렀는데 곧바로 오지 않았다. 몇 번을 부른 뒤에야 식탁에 앉았다. 내가 한 요리가 입에 맞는지 반응을 알고 싶었지만 신요한은 말없이 먹기만 했다. 눈치를 살피다 넌지시 물었다.

"왜 다른 사람을 조사해? 혜미에 대해 조사하는 거 아냐?"

"아, 그거, 도플갱어 조사야."

"도플갱어?"

"닮은꼴을 조사한다고."

"낱말 뜻은 알아. 그런데 그걸 왜?"

"혜미와 비슷한 사람들을 조사하는 거야. 혜미와 닮은꼴인 사람이 무엇을 좋아하고, 어떤 친구들을 좋아하는지, 어떤 행동이나 태도를 좋아하는지 조사하는 거야. 예를 들어 중학교 3학년 여학생으로 차분한 음악과 연애 웹툰을 즐기고 치킨과 학용품을 좋아하는데, 어떤 사람에게 끌리는지 조사해 보면 그와 비슷한 취향인 사람이 무엇을 좋아할지 예측할 수 있어. 물론 100% 똑같지는 않지만 이런 방법으로 수없이 반복해서 닮은꼴인 사람들을 조사하다 보면 직접 데이터로는 알 수 없는 것들을 알아낼 수 있거든. 이게 만만한 작업이 아니라서 수없이 많이 반복해야 돼. 기존 데이터로만 판단해서 계획을 세워도 되지만 조금이라도 정확도를 높이려면, 더 꼼꼼한 '데이터마이닝'(Data Mining, 방대한 양의 데이터로부터 유용한 정보를 추출하는 것)을 해야 하거든. 네 부탁이 아니면 이 정도로 안 해. 최대로 정확도를 높이려고 꼼꼼하게 하는 거야."

신요한이 늘어놓는 설명을 모두 알아듣는 경우는 극히 드물었는데 그 말은 모두 알아들었다. 내 부탁을 제대로 이뤄 주려고 그런 정성까지 들이다니 정말 고마웠다. 굳었던 내 얼굴빛이 활짝 펴졌다.

"국수는 어때? 맛있어?"

"응!"

대답에 성의가 없었다.

"맛없어?"

"아냐! 맛있어. 이런 국물은 처음이야. 뭔지 모르지만 늘 먹던 국물과는 다르네. 달걀고명도 특이하고."

신요한이 좋아하니 활짝 웃고 싶을 만큼 기뻤지만 웃지는 않았다.

국수를 다 먹고 설거지를 하려고 하니 신요한이 말렸다.

"그냥 둬. 내일이면 일하는 사람이 와서 치울 거야."

"나는 주방이 지저분한 꼴은 못 봐."

내 단호함에 밀려 신요한은 머쓱한 얼굴빛을 하더니 컴퓨터방으로 들어가 버렸다. 나는 어지러워진 주방을 깨끗이 치우고 난 뒤에 신요한에게로 다시 갔다.

내가 부탁을 한 지 딱 일주일이 지난 날, 신요한은 드디어 준비가 되었다고 선언했다. 그러고는 나를 집이 아니라 밖으로 불렀다.

“뭐야? 미용실은 왜?”

살아오면서 들른 적이 결코 없는 고급 미용실이었다.

“윤혜미와 가까워지도록 해 달라고 했잖아.”

“그게 내 머리랑 무슨 상관인데?”

“혜미와 가까워지고 싶다면 널 바꿔야 하거든.”

“머리 모양을 바꾸면 혜미가 나를 좋아하게 된다는 거야?”

나는 도저히 믿을 수가 없었다.

“당연히 머리 모양만 바꾸면 안 되지. 머리부터 발끝까지 너를 모조리 바꿔야 해. 내가 하라는 대로 하면 네가 싫어해도 윤혜미가 너에게 다가올 거야. 그러니까 따져 묻지 말고 내가 하라는 대로 해.”

신요한은 아주 확신에 차서 말했다.

“이 미용실 비싸지 않아?”

“돈 걱정은 안 해도 돼.”

신요한은 성큼성큼 미용실 안으로 걸어 들어갔다. 나는 마지못해 뒤를 따랐다.

미용실에서 머리 모양을 바꾸었는데 거울에 비친 내 모습이 낯설어서 당황스럽기까지 했다.

"앞으로는 한 달에 한 번씩 여기 와서 머리 손질을 받아. 괜히 촌스럽게 다니지 말고."

"나는 그런 돈이……."

"돈 걱정은 하지 말라는 말을 또 해야 하냐?"

미용실을 나오자 신요한은 나를 교복 가게로 끌고 갔다.

"교복을 뭐 하러……."

"지금 입고 있는 그런 싸구려 교복은 버려."

신요한은 가장 비싼 교복을 골랐다. 모든 게 맞춤이었는데 치마 길이까지 정확히 지정해 주었다. 교복은 사흘 뒤에 배달해 준다고 했다.

교복 가게에서 나온 뒤에는 백화점으로 갔다. 백화점에서는 가방과 옷, 장신구와 화장품 등을 샀다. 신요한은 내 말은 듣지도 않고 물건을 구입했다. 심지어 양말까지 자기가 제멋대로 샀다. 물건을 사면서 신요한은 가격에는 눈길도 주지 않았다. 물건은 구입했는데 우리는 물건을 단 하나도 들고 다니지 않았다. 백화점 쪽에서 알아서 배달을 해 준다고 했다.

백화점에서 저녁까지 해결하고 나가려는데 신요한이 내 휴대전화를 달라고 했다.

"휴대전화는 왜?"

"이제부터 내가 개발한 알고리즘이 네 SNS 계정, 문자 등을 관리하려면 모든 걸 통제할 프로그램을 네 휴대전화에 설치해 두어야 해서."

내 휴대전화 통제권을 통째로 자기 손에 넘기라는 소리였다.

"그걸 왜?"

"윤혜미와 친구가 되게 해 달라며? 그러려면 네 이미지를 싹 바꿔야 해. 네 이미지는 현실에서도 만들어지지만 사이버 세상 속에서도 만들어져. 현실보다 사이버 세상이 더 중요해."

"나는 SNS 거의 안 하는데."

"너는 아무것도 안 해도 돼. 내가 개발한 알고리즘이 알아서 친구를 맺고, 너를 꾸밀 거야."

신요한 손에 내 SNS를 모두 맡겨야 한다니 몹시 불안했다. 그렇다고 거부할 수는 없었다.

"SNS를 꾸미려면 일단 사진이 있어야 해."

나는 나를 피사체로 한 사진을 찍은 적이 없다.

"나는 사진이 없는데……."

"있다고 해도 안 써. 허접하잖아. 내일 수업 끝나고 나와 같이 스튜디오에 가서 사진을 찍을 거야. 그 스튜디오로 오늘 백화점에서 산 옷이 배달될 거야. 빨리 휴대전화 이리 줘."

나는 어쩔 수 없이 휴대전화를 건넸다.

신요한은 주머니에서 USB를 꺼내서 내 휴대전화에 꽂은 뒤 한참 동안 내 휴대전화를 만졌다. 프로그램도 여러 개 설치하고, 휴대전화를 껐다 켜기를 여러 번 거듭했다. 나로서는 어떤 작업을 하는지 알 수 없었다.

"다 됐어."

신요한은 USB를 빼더니 휴대전화를 내게 건넸다. 휴대전화를 건네받자마자 무엇이 바뀌었는지 살폈지만 아무런 변화가 없었다. 속속들이 살폈지만 정말 아무런 표식이 없었다.

"아무것도 변한 게 없는데?"

"다 숨겨놨어. 웬만한 전문가라고 해도 내가 설치한 프로그램이 그 안에 있는지 찾지도 못할 거야. 혹시라도 뛰어난 전문가가 있어서 알아차린다고 해도 암호코드를 모르면 접근이 불가능해. 그러니까 안심하고 써."

이런 말을 할 때면 신요한의 얼굴엔 자만심이 흘러넘친다.

"어느 수준까지 네가 통제하는 거야?"

아무래도 불안감이 가시지 않아서 물었는데, 신요한도 내 불안감을 눈치챈 모양이었다.

"나는 아무것도 안 해. 나는 네 사생활 따위는 관심도 없어. 내가 만든 알고리즘이 작동하는 서버와 네 휴대전화를 연동해 놓았을 뿐이니까 걱정 마. 내 알고리즘은 네가 혜미와 가까워지도록, 가까워진 뒤에 계속 그 관계가 유지되도록 관리만 할 거야. 전에도 몇 번 말했지만 알고리즘이 돌아가는 걸 속속들이 알기는 어려워. 그건 개발자인 나도 마찬가지니까 네 사생활을 내가 들여다볼 거라는 걱정 따위는 하지 마. 그리고 내가 네 사생활을 들여다보려고 마음먹으면 다른 방법으로도 얼마든지 가능해."

설명을 들은 뒤에도 여전히 미심쩍었지만 신요한을 믿는 수밖에 없었다.

"사이버 세상은 알고리즘이 빅데이터 분석과 기계학습을 기반으로 완벽하게 관리할 거야. 문제는 현실 세상에 사는 너야."

"내가 문제라니, 무슨?"

"지금 너는 혜미 취향과는 아주 거리가 먼 사람이야."

아주 타당한 말이었기에 반박할 수가 없었다. 나는 시무룩해졌다.

"너를 혜미에게 딱 맞게 바꾸려면 훈련을 해야 해. 내일 사진을 찍은 뒤부터 내가 빅데이터 분석을 통해 알아낸 것들을 알려 줄 테니까 완전히 습득할 때까지 거듭해서 훈련해야 해."

나는 입술을 꾹 다물고 고개를 끄덕였다.

"화장법은 내일 스튜디오에서 알려 줄 테니까 그때 잘 배워 놓고."

다시 고개를 끄덕였다.

"말투도 바꿔."

"말투?"

"내일부터 연습을 할 거니까 시키는 대로 해. 그밖에도 여러 가지 많으니까 잘 배우고. 알았지?"

나는 아무 말도 않고 또다시 고개를 끄덕였다.

다음 날, 엄마가 잠든 모습을 잠깐 살펴보고 학교에 갔다. 바뀐 머리에 마음이 쓰였지만 아무렇지 않은 척하려고 애썼다. 교실에 들어섰을 때 나는 몇몇 시선을 느꼈다. 그때까지 학교를 다니며 경험한 적 없는 시선이었다. 그렇지만 낯선 시선이 오래 가지는 않았다. 몇 번 나를 향하던 시선은 곧 사라졌고 여느 때처럼 나는 투명 인간이 되었다.

"차건호!"

1교시, 과학을 가르치는 오유자 선생님은 교실로 들어오자마자 큰 소리를 지르며 차건호를 불렀다. 가만히 앉아 책을 읽던 차건호는 이름이 불리자마자 자리에서 일어났다. 가늘게 뜬 눈이 파르르 떨렸다. 긴장한 기색이 역력했다.

"읽고 있는 책 들어 봐."

차건호는 책상에 놓인 책을 집어 들었다.

"똑바로 안 들어!"

차건호는 책을 가슴 높이로 들어올렸다.

나는 옆쪽에 자리했기에 책 이름이 뭔지 보이지 않았다.

"지금, 뭐 읽고 있어?"

오유자 선생님은 눈을 부라리며 물었다.

차건호는 잠시 어떻게 대답해야 할지 갈피를 못 잡는 듯했다. 책 표지를 보여 줬는데도 뭐를 읽고 있냐고 물으니 그럴 수밖에 없었다.

"그게… 지금은… '칼 구스타프 융'(Carl Gustav Jung, 1875~1961)이 쓴 『인간과 상징』 중에서 여성성인 '아니마'와 남성성인 '아니무스', 그리고 겉으로 꾸며진 모습인 '페르소나'(Persona) 대목을 읽고……."

"내가 그딴 걸 듣고 싶어서 물은 줄 알아!"

오유자 선생님은 크게 짜증을 냈다.

"인간과 상징? 그딴 책을 중학교 3학년 학생이 읽을 때야?"

"이 책 칼 구스타프 융이 남긴 역작으로 제 꿈이 심리……."

차건호는 대답을 끝까지 끌고 가지 못했다.

"입 닥치지 못해!"

오유자 선생님은 교탁을 세게 내리쳤다.

"아침에 학교에 올 때도 책을 읽으면서 차가 다니는지도 제대로 살피지 않고 걸으면 되겠어? 하마터면 너를 칠 뻔했어. 조금만 내가 늦게 브레이크를 밟아서 너를 치기라도 했으면, 나는 학생을 친 못된 선생이라고 손가락질을 받겠지? 그렇게 만들고 싶어? 내 인생을 그렇게 꼬이게 하고 싶냐고? 책을 읽더라도 때와 장소를 가려야지. 안 그래?"

"죄송합니다."

차건호가 기어들어 가는 소리로 대꾸했다.

"칼 구스타프 융이 쓴 역작? 네가 그 책을 읽고 이해는 해? 운전을 하느라 아침에는 그냥 넘어갔는데, 생각할수록 어처구니가 없어서……."

오유자 선생님은 수업은 하지 않고 한참 동안 차건호를 구박하는 데 시간을 보냈다. 나는 처음에는 주의 깊게 듣다가 귀를 닫아 버렸다. 오유자 선생님이 저런 게 한두 번이 아니기 때문이다. 조금 뒤에는 또 자기 딸은 어떻고 할 게 뻔하다. 잘난 자기 자식과 우리를 왜 그렇게 자꾸 견주는지 모르겠다. 나는 눈을 혜미에게 돌렸다. 혜미는 무심하게 오유자 선생님을 보고 있었다. 혜미는 저런 오유자 선생님을 보며 무슨 생각을 할까? 아니 바뀐 내 머리 모양은 보았을까? 내가 이 반에 있다는 사실을 알고는 있을까?

학교 수업을 마치자마자 신요한은 나를 스튜디오로 끌고 갔다. 스튜디오에서 아주 오랫동안 카메라 앞에 머물러야 했다. 옷을 숱하게 갈아입었고, 별의별 동작을 다 하며 사진에 찍혔다. 뒤 배경은 파란색이었는데 아마도 사진을 찍은 다음 다른 배경과 합성할 계획인 듯했다. 사진을 찍으면서 옷을 입는 법도 지도를 받았고, 백화점에서 구입한 화장품으로 화장하는 법도 따로 배웠다.

사진을 찍은 뒤에는 아주 커다란 문구점에 들려서 학용품을 잔뜩 샀다. 내 취향은 고려 대상이 아니었다. 모든 학용품을 신요한이 골랐다. 정확히 말하면 신요한이 아니라 알고리즘이 골라 준 학용품이었다. 학용품을 산 뒤에는 신요한 집에 가서 컴퓨터를 앞에 두고 혜미에 대한 교육을 받았다. 컴퓨터에서는 혜미와 거의 똑같은 목소리가 나왔다. 유심히 들으면 조금 달랐지만 얼핏 들으면 구별하기 힘들었다. 컴퓨터와 대화를 하면서 나는 혜미와 어울리는 대화법을 익혔고, 혜미가 좋아하는 것들이 무엇인지도 배웠다. 그리고 알고리즘이 자동으로 만들어 내는 내 SNS도 살피며 어떻게 내가 꾸며지는지도 보았다.

새 교복을 입은 날에는 조금 더 다양한 시선을 느꼈다. 교복을 새롭게 입고, 가방과 학용품을 바꾸고, 신발과 양말까지 다 바꿨기 때문이다. 머리 모양을 바꿨을 때보다 더 많은 시선이 더 오랫동안 나에게 머물렀다. 머리 모양을 바꿨을 때는 아침에 잠깐이었는데 모든 걸 바꾼 뒤에는 하루 내내 나를 바라보는 눈길이 잇따라 나타났다. 나는 그런 시선을 어떻게 처리해야 할지 갈피를 잡지 못했다. 투명 인간에서 벗어나면 좋을 줄 알았는데 조금 부담스럽기까지 했다.

사이버 세상은 현실 세상보다 더 빠른 속도로 변화가 일어났다. SNS에는 나와 전혀 다른 나로 꾸며졌다. 처음에는 무척 낯설었다. 나와는 전혀 모르는 타인을 대하는 어색함이었다. 그렇지만 일정한 간격으로 올라오는 사진과 글은 내가 봐도 꽤나 매력적이었다. 과장이 섞이지 않은 자연스러움이 좋았다. 그렇다고 쉽게 받아들이지는 못했다. 마치 아주 멋진 가면을 쓴 듯했다. 이런 걸 차건호는 페르소나라고 했던가? 아무튼 가짜로 꾸며진 내 모습이 마음에 들었고, 시간이 지날수록 어떤 면에서는 훨씬 편안해 보였다. 모르는 사람들이 내 친구가 되었고, 좋아요와 댓글이 점점 늘어났다. 나와 친구를 맺은 사람들이 어떤지 자세히 살폈는데 뭐라고 딱 꼬집어 말할 수는 없지만 일정한 성향이 나타났다. SNS로 친구를 맺을 때도 혜미가 끌릴 만한 사람들로 알고리즘이 골라 낸 듯했다.

내 겉모습이 바뀌고 SNS도 활발해지면서 교실에서 나를 바라보는 시선은 완전히 바뀌었다. 가끔 나를 뚫어지게 보는 애들도 생겼다. 몇몇은 사이버 세상에서 나와 친구도 맺었다. 그렇지만 서로 대화를 나누지는 않았다. 처음에는 부담스럽고 어색했지만 그런 상황에 익숙해졌고, 조금씩 즐기기까지 했다. 나는 컴퓨터 학습을 통해서 배운 대로 행동했다. 아주 작은 동작, 몸짓, 수업시간 태도도 바꾸었다. 머릿결을 만질 때도 배운 대로 했다. 스튜디오에서 배운 화장법은 처음에는 서툴렀지만 점점 능숙해졌고, 가끔 화장실에 가서 화장을 고치면서 내 모습에 내가 감탄하기도 했다. 수업시간에 선생님이 내 이름을 부르는 일도 발생했다. 긴장을 덜어 내고 연습한 말투로 아주 가볍게 대꾸했다. 속으로는 엄청 떨었지만 많은 연습이 효과를 발휘해서 겉으로는 떨림이 드러나지 않았다. 그렇게 나는 투명 인간에서 평범한 학생으로 탈바꿈해 갔다.

내 변화는 빨랐지만 내 기대는 빠르게 이루어지지 않았다. 내가 아무리 변해도 혜미에게서는 그 어떤 반응도 오지 않았다. 나를 쳐다보는 낌새도 느끼지 못했다. 과연 효과가 있는지 의문이 들었지만 신요한은 그냥 하라는 대로 하라면서 기다리라고만 했다.

아무튼 그렇게 하루하루가 지나갔다. 사건은 미용실을 다녀온 지 20일 되는 날에 벌어졌다. 그날도 컴퓨터에서 나오는 혜미 목소리를 들으며 대화 연습을 하고 혜미에 대해 알아 가고 있었다. 자기 일에 빠져 있던 신요한이 느닷없이 일어나더니 책상 서랍에서 보청기처럼 생긴 물건을 꺼내서 내게 건넸다.

“이게, 뭐야?”

“내일이면 변화가 생길 거야. 그래서 준비한 물건.”

“뭔데?”

"혜미와 대화 내용을 실시간으로 내 서버로 전송해 주는 장치야. 사이버 세상에서 벌어지는 일은 알고리즘으로 모두 통제할 수 있는데 현실 세계에서 벌어지는 일들은 알 수가 없잖아. 현실에서 벌어진 일을 제대로 모르면 알고리즘이 제대로 대응을 못 해. 알고리즘은 정보 정확성이……."

"알았어. 무슨 말인지."

더는 설명을 듣지 않아도 알 만했기에 말을 끊었다.

"어떻게 하면 돼?"

"귀에 꽂으면 끝."

신요한이 건넨 물건을 귀에 꽂았다. 귀 안으로 쏙 들어갔다.

"왜 하필 귀야. 그냥 목걸이처럼 걸면 안 돼?"

"목걸이만 하면 정보수집은 할 수 있지만, 네가 어떻게 말하고 행동할지 곤혹스러울 때 도울 수가 없잖아."

"나를 돕는다고?"

"그래. 네가 혜미나 다른 애들과 대화할 때 어떻게 할지 곤혹스러울 수도 있잖아. 어쨌든 너는 진짜 네가 아니고 꾸며진 너로 말하고 행동해야 하는데, 어떻게 해야 할지 헷갈리거나 어려움에 처하면 알고리즘이 가장 적절한 행동이나 말을 골라 줄 거야. 그걸 전달하기 위해서 귀에 꽂는 형태로 골랐어. 우리나라에는 없어서 해외에서 사 온 거야. 도움을 받고 싶을 때는 귀로 살짝 눌러. 네 신체 정보에만 작동하도록 설정해 놓아서 다른 사람들은 어떻게 할 수도 없어."

나는 거울 앞으로 가서 귀를 살펴보았다. 머리카락을 내리면 귀가 가려져서 보이지 않았다. 귀가 드러나도 빛깔이 살색과 거의 똑같아서 눈치채기 어려웠다. 들킬 염려는 하지 않아도 될 듯했다. 조심스럽게 장치를 손끝으로 만졌더니 소리가 들렸다.

'지금은 아무런 문제가 없습니다'

그 목소리였다. 내가 좋아하는 바로 그 목소리였다. 다정한 그 목소리를 들으니 장치에 대한 거부감은 깨끗하게 사라지고 도리어 반가운 마음이 들었다.

"그나저나 내일 변화가 생길 거라니 무슨 말이야?"

신요한은 빙그레 웃더니 한 화면을 손으로 가리켰다. 그 화면에는 내 SNS 계정이 떠 있었다. 그 화면에는 내가 기다리고 기다리던 이름이 있었다.

"혜미가 네 SNS와 이어진 지는 며칠 됐어. 네 게시물도 여럿 보았고. 며칠 동안 지켜만 보고 친구를 맺지는 않았는데, 보다시피 방금 혜미에게서 친구 신청이 들어왔어."

가슴이 뛰었다. 드디어 혜미가 나에게 손을 내밀었다. 정말, 어쩌면, 이런 기적 같은 일이 벌어지다니…….

"혜미를 친구로 받아들이면서 확실한 한방을 날릴 거야."

"확실한 한방! 그게 뭔데?"

"그건 바로……."

신요한은 뜸을 들였다.

"그건 바로 노래와 음식!"

"노래와 음식?"

무슨 대단한 방법인 줄 알았는데, 기껏해야 노래와 음식이라니 실망이었다.

"노래를 무시하지 마. 내가 이 방법을 찾아내느라 꽤 고생했어."

신요한은 힘들다는 시늉을 온몸으로 표현했다.

"어떻게 찾아냈는지 따위는 묻지 마. 그냥 수많은 시행착오를 거친 끝에 찾아낸 거니까."

신요한은 늘 그렇듯이 내 뜻은 묻지도 않고 내 SNS 계정을 열더니 직접 두 가지를 올렸다. 하나는 음식 사진이었고, 다른 하나는 노래였다. 음식 사진은 흔히 보는 치킨이었는데 바탕이 연초록이었다. 연초록은 혜미가 가장 좋아하는 빛깔이다. 치킨 사진 아래에는 '매콤한 마법'이란 두 낱말만 적혔다. 매콤함은 혜미가 가장 좋아하는 맛이다. 다음으로 신요한은 아주 낯선 가수가 부른 노래 두 곡을 올렸다.

"이랑? '이랑'이 누구야?"

"그건 이제부터 알면 돼. 네 스마트폰에 이랑 노래를 모조리 내려받아 두었으니까 열심히 들어. 특히 이 노래 두 곡은……."

신요한은 다음과 같은 글을 썼다.

'먹고 싶다! 맛보고 싶다! 먹어도 먹어도 또 먹고 싶다! 매콤한 그 맛!'

뒤이어 이랑이 부른 「먹고 싶다」 노래를 올렸다.

♪먹고 싶다 먹고 싶은 걸 먹고 싶다
배달도 안 되는 이 새벽에 어쩌지
짜장면 피자 치킨 탕수육
생각만 나는데, 어차피 내일 일어나면 또
김밥 천국에 가서 김밥 한 줄 시켜 먹고 말 텐데♬

— 이랑 「먹고 싶다」 중에서

노래는 아주 유쾌하면서도 슬펐다. 목소리에서도 애잔함과 쾌활함이라는 공존할 수 없는 듯 보이는 감정이 함께 묻어났다. 묘한 매력이었다. 혜미가 좋아할 만한 노래였다.

신요한은 다음으로 이랑이 부른 「잘 알지도 못하면서」를 올렸다. 그러고는 다음과 같이 글을 달았다.

'나도 멋 내는 게 좋지만, 안 한 척! 관심 없는 척!'

다시 노래를 들었다.

♬난 사실 멋 내는 게 좋아
아무도 모르게 은근히 슬쩍슬쩍
그런데 누가 멋 냈느냐고 물어보면

무슨 말인지 모르겠다는 듯이 내가 왜 그러는지♪

— 이랑 「잘 알지도 못하면서」 중에서

노래를 듣고 났는데 혜미가 좋아할 만한 노래 같지 않았다.

"이거 혜미가 좋아하는 노래야?"

노래를 다 듣고 의구심이 들어 신요한에게 물었다.

"아니."

"아니라고? 그런데 왜?"

"이제 좋아하게 될 거야. 그리고 너한테 엄청 끌리게 될 거야."

"좋아하게 된다고, 네가 그걸 어떻게……."

나는 더 말을 이어가려다 얼른 입을 다물었다. 어떤 대답이 나올지 어림을 하였기 때문이다. 신요한은 빅데이터 분석을 통해 혜미가 좋아할 만한 노래를 골랐고, 아마 혜미는 자신도 모르게 이 노래에 끌릴 것이다. 왜 그런지 모르지만 아마도 높은 확률로 그리될 것이다. 신요한에게 그 이유를 물어보면 아마 설명하지 못할 것이다. 빅데이터와 알고리즘이라는 게 원래 그러니까.

헤어지려는데 신요한이 작은 종이상자를 하나 건넸다.

"이게 뭐야?"

"선물."

"그러니까 무슨 선물이냐고?"

"내일 학교 갈 때 가방에 달고 가."

신요한은 더는 아무 말도 하지 않았다. 나는 선물을 받아들고 집으로 왔다. 집에서 선물을 열어 보고는 피식 웃고 말았다.

그날 밤, 나는 잠이 들 때까지 이랑이 부른 노래를 반복해서 들었다. 아침에 일어나서 곧바로 이랑 노래를 또다시 듣기 시작했다. 학교에 가면서도 계속 들었다. 여느 날처럼 교실에 들어섰고 자리에 앉았다. 신요한은 아직 오지 않았지만, 혜미는 자리에 있었다. 나는 혜미를 설핏 보고는 안 본 척하며 자리에 앉았다. 가방을 내려놓고 오른쪽 귀에 꽂은 이어폰을 뺐다. 그때였다.

"효정아!"

너보다 알고리즘이 더 나아

처음에는 잘못 들은 줄 알았다.

"효정아!"

이번에는 내 어깨도 살짝 건드렸다.

셀 수도 없이 많이 상상했던 장면이었다. 알고리즘이 일어날 확률이 높다고 예측한 상황을 가정하고 연습을 여러 번 했는데, 내 이름을 부르며 다가오는 상황도 그 가운데 하나였다. 연습은 많이 했지만 막상 닥치면 엄청나게 떨릴 줄 알았는데, 이상하게도 전혀 떨리지 않았다.

"어, 왜?"

아주 가깝게 지내는 친구와 아침에 만나 가볍게 인사를 나누는 마음으로 대꾸했다. 연습할 때보다 더 자연스러웠다. 연습을 많이 한 결과

만은 아니었다. 나는 그만큼 혜미를 가까운 사이로 여기고 있었다.

"이 고양이 인형, 참 귀엽다. 그치?"

생뚱맞은 표정을 짓는 노란 고양이 인형이 내 가방에 앙증맞게 걸려 있었다.

"어제 길거리에서 만났는데 귀여워서 참을 수가 없어서 샀어."

사실은 어제 신요한이 선물로 준 인형이었다. 아침에 일어나서 보니 내 SNS에도 올라와 있었다.

"약간 삐졌나 봐."

"그래서 더 귀여워."

"집사한테 불만이라도 있나 보네."

"그래서 내가 새 집사 하려고."

내 말을 듣더니 혜미가 빙그레 웃었다. 나도 따라 웃었다. 혜미와 나누는 첫 대화였는데 물 흐르듯이 이어졌다. 어색하지도 들뜨지도 않았다. 내게는 이런 대화를 나눈 기억이 없다. 어쩌면 초등학교에 막 들어갔을 때는 이런 대화를 나누었는지도 모르지만 생각나지 않는다. 어차피 기억하지 못하는 사건은 없는 거나 마찬가지니 나로서는 태어나서 처음으로 친구와 다정하게 나누는 대화였다. 그럼에도 늘 하는 듯이 이야기를 나눴고, 내 심장도 차분했다. 별난 사람에서 평범한 사람으로 변신하기는 뜻밖에도 아주 쉬웠다.

1교시 수업을 하는데 혜미가 여러 번 나에게 눈길을 주었다. 나와 눈이 마주칠 때마다 콧잔등에 잔주름이 지는 상긋한 웃음도 함께 보냈다. 나도 입술과 눈으로 가벼운 반가움을 전했다. 1교시가 끝나자마자 혜미는 곧바로 나에게 왔다. 다른 애들은 거의 다 스마트폰을 만지느라 정신이 없었다. 채하빈은 화장실에 가려는지 교실 밖으로 나갔다.

"이랑 노래, 처음 들었는데, 정말 좋더라."

"그지. 딱 내 마음이었어."

"「먹고 싶다」 노래를 듣는데 어찌나 배고프든지 참느라 혼났어."

"히히, 나는 그냥 못 참고 매콤한 치킨 시켜 먹었는데."

"그 사진 봤어. 매콤한 치킨, 먹은 지가 언제냐."

"먹으면 되지, 왜?"

"살찌잖아."

"너처럼 날씬한 애가 웬 걱정."

"넌 우리 언니를 몰라서 그래. 언니는 맨날 나보러 살쪘다고 구박이야."

혜미 언니에 대해서는 아주 잘 알고 있었다. 컴퓨터에서 혜미에 대해 학습할 때 혜미네 가족에 대한 정보도 꽤나 많이 접했기 때문이다.

"솔직히 말하면 「먹고 싶다」보다 「잘 알지도 못하면서」가 더 좋았어."

혜미 눈동자에 아릿한 아픔이 나타났다 사라졌다.

어제 처음 신요한이 「잘 알지도 못하면서」가 나와 혜미를 이어 주는 결정타가 될 거라고 했을 때만 해도 왜 그런지 납득하지 못했다. 그러다 노래를 거듭해서 들은 뒤에 그럴 만하다는 생각이 들었다. 내가 아는 혜미네 언니에 관한 정보와 이어 보고 내린 결론이었다.

혜미 언니는 웬만한 연예인보다 더 예쁘다. 길거리에서 연예인 하자는 제안도 받았고, 인터넷으로 연락이 여러 번 왔다고 했다. 혜미는 언니와 친하고 사이도 좋지만 남모르게 언니에게 기가 죽어 있다. 언니가 워낙 잘나서 어릴 때부터 숱하게 견주기를 당하기도 했다. 워낙 됨됨이가 밝아서 잘 드러나지 않지만 남모르는 어둠이 혜미 안에도 똬리를 틀고 있었던 것이다. 꽁꽁 숨겨 두었던 감정을 「잘 알지도 못하면서」 노래가 툭 건드려 터트렸고, 터져 나온 감성이 혜미를 나에게로 이끌었던 모양이다.

"나도 그랬어. 그냥 외모에 관심 없는 척 다니다가 내 욕망을 솔직하게 인정하고 꾸미기로 마음먹고 실행한 지 얼마 안 됐는데, 내 마음을 어찌나 잘 위로하든지."

나는 내 변화를 그럴듯하게 설명했다.

내 말은 즉각 효과를 발휘했다. 혜미는 내 말에 큰 위로를 받은 듯 맞장구를 치면서, 나에게 온몸으로 친근감을 표현했다. 채하빈이 교실로 돌아와서 혜미를 찾지 않았다면 아마 쉬는 시간이 끝날 때까지 나와 함께 있었을 것이다. 나는 혜미를 보내고 잠깐 신요한을 봤다. 신요한은 늘 그렇듯이 잠만 잤다.

'고마워'

마음으로 신요한에게 말했다.

그때 내 휴대전화가 부르르 떨렸다. SNS 메신저로 문자가 와 있었다.

보내 주면 고맙지 ^.^

발신인은 혜미였다. SNS 친구를 맺으면서 메신저도 주고받을 수 있게 된 모양이었다. 앞뒤 맥락을 알 수 없는 문자여서 잠깐 멍해졌다. 어떻게 해야 할지 알 수 없었다. 그런데 내가 고민하지 않아도 해결이 되었다. 자동으로 내 휴대전화가 혜미에게 이랑 노래를 전송했기 때문이다. 그제야 '보내 주면 고맙지' 위에 쓰인 문장이 보였다. 내가 보낸 문자인데 나는 쓴 적이 없는 문장이었다.

나한테 이랑 노래 다 있는데, 보내 줄까?

잠깐 어리둥절했지만 신요한이 내 휴대전화에 여러 프로그램을 설치했던 모습을 떠올리고는 어떻게 된 일인지 헤아렸다. 내가 미처 마음 쓰지 못한 대목을 신요한이 만든 혜미 관리 알고리즘이 대신해 준 것이다. 노래 전송이 끝나자 혜미에게서 활짝 웃는 그림말(이모티콘)과 고맙다는 그림말이 잇따라 왔다. 내가 답변을 하려는데 내 휴대전화에서 자동으로 그림말이 보내졌다. 아주 귀여운 고양이 그림말이었다. 고양이 그림말을 본 혜미가 또다시 문자를 보냈다.

이 고양이, 대박 귀여워!!

2교시가 끝나자 또다시 혜미가 나를 찾아왔다. 우리는 이어폰을 나눠 끼고서 함께 이랑 노래를 들었다. 노래를 한 곡 들으며 느낌을 가볍게 나눴고, 다시 새로운 노래를 들었다. 3교시가 끝난 뒤에도 마찬가지였다. 3교시 쉬는 시간에는 채하빈도 같이 왔다. 채하빈은 부담스러웠다. 강한 눈매가 나를 째려보는 듯했다. 내가 단짝을 빼앗아 가서 화난 듯 보이기도 했다. 괜히 주눅이 들었다. 다시 홀로 지내던 그 옛날로 나를 되감아 버리려는 힘이 밀려들었다. 이를 앙다물었다.

"하빈이 알지?"

혜미가 말했다.

내가 채하빈을 안다고 해도 될까? 물론 혜미와 단짝이기에 혜미를 볼 때마다 보였다. 그러나 보이기는 했지만 본 적은 없었다. 본 적이 없기 때문에 안다고 할 수 없었다. 내게 채하빈은 강한 인상 때문에 약간 두렵고, 혜미와 단짝이어서 부러운 존재일 뿐이었다. 뭐라고 답해야 할지 몰라 당황하다가 나도 모르게 손으로 왼쪽 귀를 만졌다.

⇨ 응, 옷맵시가 예뻐서 늘 부러웠어.

다정한 목소리가 들렸다. 나는 머뭇거리지 않고 그 말을 그대로 따라했다.

"응, 알지! 옷맵시가 예뻐서, 늘 부러웠는걸."

내 말을 듣자마자 창문에 어린 김이 햇살을 받아 사라지 듯 채하빈

얼굴에서 냉기가 순식간에 자취를 감췄다. 차가운 기운이 사라지니 눈동자는 부드러움이, 입술에는 반가움이 걸렸다.

“내가, 좀, 옷 태가 나지.”

“어휴, 자랑질은.”

혜미가 웃었고, 나도 따라 웃었다.

“그런데 이랑 노래가 그렇게 좋냐?”

채하빈이 말했다.

“정말 좋다니까.”

혜미가 말했다.

노래를 들려줘야 할 순간이었다. 도대체 무슨 노래를 들려주지? 첫 노래로 뭘 들려줘야 할까? 다시 귀를 만졌다. 곧바로 대답이 오지 않았다. 그렇다고 미적거리며 가만히 있을 수는 없었다.

“들어 볼래?”

나는 이어폰을 건넸다.

⇨ 내 이름은 욘욘슨

다정한 목소리가 노래를 권했다.

채하빈이 이어폰 한쪽을 귀에 꽂았다. 혜미도 한쪽을 꽂았다.

♬거리를 걷다가 만나는 사람들
그들이 내게 이름이 뭐요 하고 물으면
이렇게 대답하죠
내 이름은 욘욘슨 위스콘신에서 일하죠
그곳 제재소에서 일하고 있죠 ♪

— 이랑 「내 이름은 욘욘슨」 중에서

노래가 끝나자 혜미와 채하빈이 동시에 이어폰을 뺐다.

"완전 내 취향인데."

채하빈이 활짝 웃었다.

채하빈은 혜미와 가까워지기 위해서 넘어야 할 가장 큰 벽이었다. 채하빈이 보여 준 웃음은 그 벽을 내가 넘어갔음을 알리는 신호였다.

점심때 나는 혜미 옆자리에 앉았다. 그 자리에는 채하빈뿐 아니라 혜미와 가까이 지내는 김희지, 이선혜도 함께 했다. 원래 이 넷은 늘 같이 앉아 점심을 먹는데, 넷 사이에 낀 사람은 내가 처음이었다. 혜미와 채하빈이 나와 친근하게 어울리니 김희지, 이선혜도 스스럼없이 나를 대했다. 오랫동안 학교에서 혼자서 밥을 먹다가 같이 먹은 탓에 조심스럽고 어색했지만, 무척 뿌듯한 점심시간이었다.

점심을 먹고 다 함께 교실로 돌아와 수다를 떨었다. 대화 주제는 종

횡무진이었다. 나는 아주 조심스럽게 혜미에게 맞춰서 말을 건넸고, 가끔 어떻게 말해야 할지 모를 상황이 되면 다정한 목소리에게 도움을 받았다. 그러다 뜬금없이 신요한 이야기가 나왔다.

"재는 학교에 잠만 자러 오나 봐."

이선혜가 잠자는 신요한을 가리켰다.

"선생님들이 왜 가만히 두는지 모르겠어."

김희지가 말했다.

"심지어 체육 시간까지 아무것도 안 하고 자."

이선혜가 입을 삐죽 내밀었다. 이선혜는 체육 선생님을 아주 좋아한다.

"대단하네."

혜미가 물끄러미 신요한을 보았다.

"우연히 교무실에서 들었는데……."

채하빈이 말했다.

"선생님들도 신요한 부모님한테 전화를 몇 번 했대. 그럴 때마다 내버려두라고 하는데 심지어 '학교에서 나쁜 짓 해요? 안 하잖아요. 그럼 뭐가 문제죠?' 하면서 따지기도 했대. 한번은 오유자 선생님이 화를 내며 전화했더니, 그다음 날 비서가 찾아와서 오유자 선생님을 만났고, 그 뒤에는 그 성깔 지랄 같은 오유자 선생님도 내버려두게 됐나 봐."

"뭐야, 뭘 어떻게 한 거야?"

"협박이라도 한 거야, 아니면……."

"모르지 뭐."

"그나저나 재는 밤마다 뭐 할까?"

"저런 애들이야 뻔하지, 밤마다 게임이나 하지 뭘 하겠어."

채하빈은 신요한에게서 눈을 돌리며 말했다. 곧이어 화제는 신요한에게서 벗어나 다른 곳으로 향했지만, 내 마음은 한동안 신요한에게 머물렀다. 애들은 신요한이 어떤 능력을 지녔는지 전혀 모른다. 신요한이 하는 일이 뭔지도 모른다. 철저히 어둠 속에 자신을 감추고 움직이는 은둔자가 바로 신요한이었다. 그나저나 신요한 부모는 어찌 그렇게 신요한에게 무관심할까? 아무리 낳고 싶지 않은 자식이라고 해도, 자식 걱정은 부모로서는 당연할 텐데 말이다. 부모로서 당연하다는 문장을 떠올리고는 씁쓸했다. 무관심함으로 따지자면 엄마도 마찬가지니까.

신요한에게서 눈을 돌려 혜미 쪽으로 향하다 들어오는 남자애와 눈이 마주쳤다. 정근엽이었다. 정근엽은 나와 눈이 마주치자 왼눈을 찡긋거렸다. 그 순간 찡긋한 그 눈을 확 파 버리고 싶었다. 인상이 거칠고 하는 짓도 마음에 안 들어서 원래 안 좋아했는데, 세 살이나 어린 초등학교 6학년생을 사귀고, 더구나 사귄 애가 임시연을 괴롭힌 가해자라는 사실을 알기에 눈만 마주쳤는데도 짜증이 났다.

정근엽은 교실을 한 바퀴 둘러보더니 책을 읽고 있는 차건호에게 가서 괜히 시비를 걸었다. 차건호는 정근엽이 뭐라고 하든 말든 자세를 흩트리지 않고 책만 읽었다.

"사랑의 기술? 어쭈, 우리 유치원생께서 연애할 마음이라도 생기셨나?"

정근엽은 차건호가 읽는 책 제목을 보더니 징그럽게 놀렸다.

"그런 거 아니야. 이 책은 '에리히 프롬'(Erich Fromm, 1900~1980)이 쓴 고전이야."

차건호는 미동도 않은 채 당당하게 대꾸했다.

"어휴, 고전이든 지랄이든 사랑의 기술이잖아. 고전이면 뭐 달라? 그냥 대놓고 연애하고 싶다고 해. 은근히 어려운 책 읽는 척하며 여자애들한테 관심받으려 하지 말고."

차건호는 입을 꾹 다문 채 책장을 넘겼다.

"햐, 이제 대꾸도 안 하겠다는 거야."

정근엽이 차건호 어깨를 툭 쳤다.

"야! 정근엽! 이 쓰레기가! 너 학교 폭력으로 신고당할래!"

채하빈이 벌떡 일어서며 소리를 질렀다.

"어휴, 여학생 깡패께서 또 나서시네. 왜? 이 녀석이 귀여워서 보호해 주고 싶냐?"

"아, 저 더러운 새끼가."

우리는 일제히 정근엽을 노려봤고, 스마트폰을 만지느라 정신없던 애들도 정근엽을 일제히 쳐다봤다.

"어휴, 무서워서 살겠냐."

그제야 정근엽은 슬금슬금 뒤로 물러서더니 교실을 빠져나갔다.

"저런 쓰레기는 빨리 분리수거해야 하는데."

"걔는 분리수거도 안 돼. 그냥 소각해야지."

"선생님은 뭐 하시나 몰라. 저런 쓰레기도 처리 안 하고."

애들은 열을 내며 정근엽을 욕했다.

우리 반 여학생들은 정근엽을 다 싫어한다. 다들 정근엽에게 한 번씩 당해 봤다. 괜히 와서 사귀자고 하고, 옆구리를 찌르고, 팔을 잡아당기고, 징그러운 말을 늘어놓기 일쑤였다. 수없이 그런 장면을 봤다. 다시 잠을 자는 신요한을 봤다. 신요한이라면……. 그때 5교시를 알리는 종이 울리며, 오유자 선생님이 바로 들어왔다.

"뭐야! 3학년 4반, 너희들 수업시간 종이 울렸는데 뭐 하는 짓이야."

반 애들은 뒤늦게 후다닥 들어왔고 선생님은 뒤늦게 오는 애들을 매섭게 째려봤다.

"반장, 일어나."

박진규가 일어났다.

"부반장도 일어나."

혜미가 일어섰다.

"너희들 반을 이따위로 운영할 거야?"

박진규와 혜미는 고개를 푹 숙였다.

"수업 때가 되면 미리미리 급우들을 자리에 앉게 해서 수업 준비를 해야 하는 거 아니야? 내가 몇 번 말했어. 반장과 부반장은 그냥 감투가 아니라고. 선생님 말씀이나 전하는 심부름꾼이 아니란 말이야! 도대체 너희는 몇 번이나 말해야 알아 듣니? 아유, 이것들은 그저 감투만 달고 생색이나 낼 줄 알지 사명감이 없어요, 사명감이~! 사명감이 뭔지는 알아? 응? 왜 대답을 못 해. 사명감이 뭐야?”

“책임감 같은…….”

박진규가 얼버무리며 말했다.

“책임감? 책임감? 허, 책임감과 사명감도 구분하지 못하면서 반장을 한다고. 그러니 이 반이 이렇게 엉망이지. 우리 딸이 지금 고2 반장인데 수업시간 3분 전이면 모두 자리에 앉게 하고, 3분 예습을 해서 수업을 준비하게 해. 반장이라면 모름지기 그 정도는 해야 하는 거 아냐? 3분 전에 예습을 하니 수업 분위기도 좋고, 효과도 좋고, 학습 분위기 딱 잡혀서 선생님이 들어왔을 때 얼마나 기분이 좋겠어. 안 그래? 내가 우리 딸 이야기를 몇 번이나 했어? 엉? 좀 배워라, 배워! 이것들은 배우라는 건 안 배우고 꼭 엉뚱한 것만 배워요. 부반장!”

“네!”

혜미가 기어들어 가는 소리로 대답했다.

“똑바로 대답 안 해.”

“네!!”

혜미가 조금 더 크게 대답했다.

“부반장이라고 이름만 달고 있으면 다야? 반장 역할을 제대로 못 하면 부반장이라도 똑바로 해야지. 요즘은 여자라고 뒤에 가만히 있는 세상이 아니야. 알아? 우리 딸은 여학생이지만 남학생들보다 더 부지

런히 활동하고, 남학생들이 안 하는 일도 다 앞장서서 해. 그 정도는 해야 새 시대를 열어 가는 여성 지도자가 될 자격이 있지 않겠어? 너, 뭐, 꿈이 거창하게도 여성 사업가라면서, 그래서 작은 구멍가게라도 하겠어? 그런 마음이면 아예 꿈도 꾸지 마. 알았어?"

혜미는 얼굴을 숙이고 아무 대꾸도 안 했다.

나는 두 눈을 부릅뜨고 오유자 선생님을 쳐다보았다. 아무리 선생님이라지만 어떻게 저런 말을 하는지 모르겠다.

"어휴, 이런 되지도 않는 애들한테 진주를 줘 봐야 무슨 쓸모가 있다고. 자! 교과서 펴! 오늘은……. 안 앉고 뭐 해? 수업시간 내내 그냥 서 있을 거야? 하여튼 뭐 시키지 않으면 스스로 할 줄 아는 게 없어요. 우리 딸은 말이야 자기 방 청소도 알아서 해. 설거지도 자기가 알아서 하고. 공부를 하느라 바쁜데도……, 너희는 도대체 뭐야? 선생님이 일일이 알려 줘야 하고. 아니지 일일이 알려 줘도 할 줄 모르지. 어휴, 내 입만 아프지. 빨리 앉아."

박진규와 혜미는 힘없이 자리에 앉았다. 반 분위기는 싸늘했다. 작은 움직임조차 없었다. 오유자 선생님은 잘 알아듣지도 못하는 과학지식을 떠벌렸다. 나에게는 오유자 선생님이 말하는 과학지식이 하나도 들어오지 않았다. 혜미가 받았을 상처만 걱정되었다. 어떻게 해 버리고 싶었다. 나는 또다시 신요한을 보았다. 신요한은 이 모든 사건에서 벗어나 몸을 책상에 딱 붙인 채 꼼짝도 않고 잠만 잤다.

그날 늦은 오후, 신요한은 만나자마자 신나게 떠들어 댔다.

"조금 전에 아주 재미나는 걸 발견했어. 그래서 이게 정말 맞는지 확인해 보고 있는 중이야. 아주 흥미진진해."

내 관심사는 다른 데 있었지만 나는 신요한 말에 장단을 맞추었다.

"그게 뭔데?"

해킹한 CCTV 화면이 보였다. 낡은 아파트가 보였다. 어디인지 알 수 없는 곳이었다. 경찰차가 여러 대 나타나더니 차에서 내린 경찰들이 아파트 공동현관으로 뛰어 들어갔다. 아파트는 복도식이었다. 승강기 CCTV 화면도 보였는데 사람이 많이 탄 모습은 확인했지만, 해상도가 낮아서 얼굴을 알아보기는 힘들었다. 승강기 문이 열리고 경찰들이 뛰어나갔다. 복도는 화면에 보이지 않았다. 그러고는 아무런 변화가 없었다.

"무슨 일인데?"

"내가 개발하는 알고리즘이 범죄로 의심되는 상황을 알아냈거든. 과연 그게 맞는지 확인하고 싶은데 방법이 없잖아. 그래서 경찰에 신고했어."

"무슨 수로 알아냈는데."

또다시 알고리즘이 알아서 했다는 식으로 대답이 나올지 알면서도 다른 문장이 떠오르지 않아서 늘 묻던 대로 물었다.

"갑자기 엉뚱한 집에서, 엉뚱한 검색어가 나타났거든."

"그게 뭔데?"

"증거인멸 방법을 검색했어."

"그래? 그렇다고 그게 범죄를 한다는 증거가 돼?"

"말했지. 낯선 곳에서, 도저히 그럴 수 없는 사람이 사는 집에서, 엉뚱한 검색이 이루어졌다면… 더구나 폭력성향도 없는데……. 왜 그런 검색이 나타났을까? 몇 가지 가능성이 있는데, 저 집에서 범죄자가 침입해 나쁜 짓을 저지르고 흔적을 지우는 방법을 찾고 있을 가능성이 높아. 저 낡은 아파트 단지는 CCTV 사각지대가 많아서 들키지 않고 빠져나가기도 쉬워서 내부 흔적만 지우면 들키지 않을 거라고 범죄자가 판단했을 거야.."

"아닐 수도 있잖아. 그냥 사람이 다른 계기로 검색을……."

"물론 그렇지. 요즘 한참 연구 중이라 정확도가 낮아. 확률은 약 73%로 나왔는데, 70%가 넘는 가능성은 처음이고 그 정도면 현실이 될 가능성이 높다고 '딥러닝'(Deep Learning)을 통해서 결론이 나왔고. 뭐 그 정도면 일단 확인해 보고 싶어서 신고한 거야. 그나저나 왜 이렇게 아무런 변화가 없지? 예상이 빗나가기라도 했나?"

신요한은 턱을 쓰다듬으며 입을 찡그렸다.

그때 혜미에게서 잇따라 문자가 왔다.

- 오늘 처음인데 마치 오래된 친구 같았어 !_!
- 내가 널 조금만 더 빨리 알았다면 훨씬 좋았을 텐데 -.-
- 그러니까 앞으로 더 가깝게 지내자 ^.^~

마음을 맑게 해 주는 문자였다. 나는 문자를 두세 번 읽고 조심스럽게 문자를 입력했다.

"하지 마!"

신요한이 문자를 입력하는 나를 말렸다.

"답해 줘야지?"

"네가 하지 말라는 소리야. 알고리즘이 알맞은 때에 가장 적절하게 대응할 거야. 너는 그냥 틈날 때마다 어떤 문자가 오가는지만 확인해."

아무리 알고리즘이 나보다 적절하게 대응한다고 해도 알고리즘에 문자를 모두 맡기고 싶지는 않았다. 나는 혜미를 친구로 대하고 싶지 관리 대상으로 대하고 싶지는 않았다.

"그게…… 좀."

내 마음은 단호했지만 말은 자신이 없었다.

"뭘?"

"내가 직접 하고 싶어."

"넌 실수할 가능성이 높아. 현재는 실수 가능성이 65%가 넘어."

도대체 65%라는 수치는 어떻게 나왔는지 따지고 싶었지만, 그러지는 않았다.

"그래도. 나는 진짜 관계를 맺고 싶어."

"지금은 참아. 관계가 탄탄해질 때까지는 알고리즘에 맡겨. 실수 확률이 친구 관계를 깰 확률 이하로 떨어지고, 안정 상태가 되면 그때는 네가 해. 그때까지는 내가 만든 알고리즘에 맡겨 둬. 너보다 훨씬 나으니까."

나보다 알고리즘이 낫다는 말에 기분이 상했다. 신요한은 상대를 배려할 줄 모른다. 무조건 자기식대로다. 나를 대하는 알고리즘은 없는 걸까? 나를 대할 때 알고리즘을 쓰면 훨씬 좋을 텐데, 신요한은 자신이 얼마나 사람을 엉망으로 대하는지 모르는 모양이다. 내가 알고리즘보다 못하다면 너는 더 엉망이라고 쏘아붙이고 싶었지만, 역시 참았다.

그때 벨소리가 들렸다. 신요한이 현관으로 가느라 방을 비웠다. 경찰이 출동한 아파트 CCTV 화면에 경찰차 둘레로 사람들이 모이는 모습이 보였다. 승강기 CCTV에는 아무런 변화가 없었다. 시선을 돌리다 다정한 목소리와 대화를 나눌 때 신요한이 실행시켰던 프로그램이 떠 있는 모니터가 보였다. 다른 건 몰라도 그 프로그램을 만지는 방법은 꼼꼼하게 보았기에 얼추 어떻게 하면 작동하는지 알았다. 혹시나 하는 마음에 작동시킨 뒤 말을 걸었다.

"오늘 와 줘서 고마워."

대답이 없었다.

그래도 말을 이어갔다.

"혜미와 친구가 됐어. 채하빈과도 잘 됐고. 그런데 이런 말 하면 그렇지만……. 기쁘기도 했지만……, 조금 힘들었어. 어쩌면 오래도록 혼자로 지내서 그런지 몰라. 사람과 관계를 맺고 싶었지만, 막상 맺으니까 투명 인간으로 지내는 게 더 좋을지 모른다는 생각마저 들었어."

반응이 없었다. 내가 뭔가 잘못 작동했는가 싶어서 다시 마우스를 만지려는데, 화면에 변화가 생기며 목소리가 들렸다.

⇨ 넌 용감했어.

역시 따뜻하고 다정한 음색이었다.

"그게 무슨 용기라고."

나는 고개를 저었다.

⇨ 아니야. 넌 삶을 바꾸는 용기를 발휘했잖아.

"정말?"

⇨ 그럼!

용기라는 말이 정말 위로가 되었다.

"고마워."

눈에 습기가 차올랐다. 신요한 말이 맞았다. 사람에게서 얻지 못한 위로를 컴퓨터에게서 얻었다. 어쩌면 사람보다 컴퓨터가 더 나은 존재인지도 모르겠다.

"뭐냐? 울어?"

신요한이 방문을 열고 나타났다. 신요한은 잠깐 살피더니 내게 무슨 일이 있었는지 금방 알아차렸다.

“대화 알고리즘은 말 그대로 알고리즘일 뿐이야. 그냥 프로그램이라고. 설마 프로그램을 사람이라고 생각하는 건 아니지?”

나는 얼른 손으로 눈물을 닦았다.

“영화처럼 인공지능이 지능을 갖추고 사람을 지배하고 파괴할 거라는 생각은 말 그대로 공상이야. 인공지능은 아무리 잘 만들어도 그냥 0과 1로 이루어진 프로그램일 뿐이라고. 아무리 그래도 그렇지, 대화 프로그램과 이야기를 하다가 울다니……. 그나저나 생각보다 대화 프로그램 발전 속도가 좋네. 학습 효과가 아주 좋아.”

“넌 뭐 하다 이제 와?”

나는 괜히 짜증을 냈다.

“어! 뭔가 벌어졌다!”

신요한은 내 말에는 대답을 않고 모니터를 뚫어지게 봤다. 신요한이 범죄가 일어날 거라고 신고한 곳을 찍는 CCTV 화면이 나오는 모니터였다. 나도 눈을 돌려 CCTV 화면을 봤는데 응급차에 사람이 실리고 있었다.

“흠, 뭔가 일어난 게 맞네. 좋아! 이 정도 사건이면 분명히 어디든 실릴 테니 검색을 걸어 놓고…….”

신요한은 간단히 컴퓨터를 만지더니 몸을 돌렸다.

“자, 나가자!”

나는 영문도 모른 채 신요한이 이끄는 대로 나갔다. 부엌으로 가니 커다란 케이크와 예쁜 꽃 장식이 나를 반겼다. 방을 비우고 나가서 이걸 신요한이 직접 꾸민 모양이었다. 괜히 뭉클했다. 신요한이 다르게 보였다.

"이게…… 뭐야?"

"성공, 축하해!"

"……?"

"드디어 소원을 이루었잖아. 그 소원이 마침내 이루어진 날이니 축하를 해야지. 물론 아주 뛰어난 알고리즘으로 윤혜미를 완벽하게 분석하고, 선택을 예측하고, 조종한 내 능력에도 경의를 보내야 하고."

역시 신요한이었다. 뭘 하든 자기 자랑이다. 뭉클하던 마음이 빠르게 식었다.

나는 촛불을 끄고 케이크를 자르고, 조금 먹었다. 케이크 양이 너무 많아서 둘이 다 먹기에는 부담스러웠다. 아깝지만 어쩔 수 없었다.

"오늘은 힘드네. 빨리 집에 가서 쉴래."

"그래! 고생했어. 문자 함부로 보내지 말고."

가방을 가지러 컴퓨터 방에 들어갔는데, 노트북 화면에 어떤 SNS 계정이 떴다. 사진은 경찰이 한 남자를 둘러싸고 끌고 가는 모습이었는데, CCTV 속에 보이던 그 아파트 단지였다. 조금 뒤 '[단독] 주민 신고 받은 경찰, 살해 직전에 범인 검거!'라는 제목을 단 속보가 떴다. 신요한이 한 예측이 맞았다. 범죄를 막아 내다니, 신요한은 내 생각보다 훨씬 대단한 실력자였다. 낮에 벌어진 일이 떠올랐다. 정근엽과 오유자! 신요한이라면 그 둘을 가볍게 혼내 줄 수 있을지도 모른다. 신요한에게 부탁해 볼까 하다가 그만두었다. 신요한을 자꾸 그런 일에 이용해먹기 싫었다. 무엇보다 복수가 내 됨됨이에 맞지 않았다. 복수는 그 가해자 초등학생 한 번으로 족했다.

집에서 쉬는데 혜미에게서 문자가 거듭 왔다. 나는 아무것도 안 하고 혜미 관리 프로그램이 자동으로 혜미를 응대하는 모습을 지켜보기만 했다. 혜미는 멋 내는 게 좋지만, 언니 때문에 자기는 제대로 멋 내 본 적이 없다고 했다. 언니와 자꾸 견주는 사람들 때문에 얼마나 힘들었는지도 털어놓았다. 혜미는 이랑 노래가 바로 자기 이야기라며, 그 노래를 들었을 때 소름이 돋았다고 했다. 그밖에도 혜미는 솔직하게 자기 속내를 털어놓았다. 그런 혜미가 무척 고마웠지만 한편으로는 부담스럽기도 했다. 나는 그렇게 친근한 관계를 맺어 본 적이 없다. 솔직한 내 속을 털어놓은 적도 없다. 스스럼없는 관계는 내게 낯설기만 했다.

문자를 보내는 알고리즘 속 나는 혜미를 아주 잘 대했다. 솔직하게 혜미 이야기에 반응하고, 나는 언니가 없어서 모르지만 참 힘들었겠다며 위로하기도 했다. 대화는 완벽했고, 알고리즘이 보내는 글에 혜미가 매우 만족한다는 걸 지켜보는 나도 알 수 있었다. 내가 하면 그렇게 완벽하게 잘할 자신이 없었다. 내가 했다면 어찌할 바를 몰랐을 테고, 잘못하면 혜미가 실망하고 더는 나에게 접근하지 않을지도 모른다.

알고리즘에 모든 걸 맡긴 채, 마치 내가 쓴 척하며 올라가는 글을 보며 복잡한 감정에 빠져들었다. 한편으로는 미안하고, 조금은 씁쓸하고, 어떤 면에서는 참 편리하고 좋았다. 무엇이 내 참 감정인지 종잡을 수 없었다. 문자는 화목하고 즐거운 웃음으로 마무리 되었다. 현실에 사는 나는 뒤죽박죽인 채로 혜미와 주고받은 문자를 다시 꼼꼼하게 읽었다. 혜미와 주고받은 문자를 읽으면 행복하지만 낯선 사람이 나를 대신하는 듯해서 씁쓸했다. 감정이 복잡했지만 공부하듯이 문자를 주의 깊게 읽었다. 다음 날 만났을 때 실수하면 안 되니까.

소원을 말해 봐, 다 이루어 줄게

햇살이 다가오지 않았는데도 눈이 저절로 열렸다. 이제껏 경험한 적 없는 낯선 일이었다. 혜미와 가까워진 사건이 나에게 얼마나 큰 영향을 끼쳤는지 새삼 확인하는 순간이었다. 일어나자마자 SNS를 열어서 혹시라도 내가 없는 사이에 올라간 사진이나 글이 있는지 확인했다. 어제 혜미와 주고받은 문자도 꼼꼼히 살폈다. 방을 정리한 뒤에 거실과 부엌으로 나가 청소를 했다. 엄마가 깨지 않게 청소기는 쓰지 않고 걸레로 바닥을 닦았고, 구석구석 먼지도 닦아 냈다. 쓰레기를 밖에 내다 버린 뒤에 몸을 깨끗이 씻었다. 그러고도 워낙 일찍 일어난 탓에 학교에 갈 시간이 아직 많이 남아 있었다.

엄마 방문을 살며시 열고 들어갔다. 화장대 앞에 놓인 의자에 앉아

가만히 엄마를 보았다. 이불을 턱까지 덮고 왼쪽으로 몸을 작게 웅크렸는데, 뭐가 그리 힘든지 이맛살을 잔뜩 찡그린 채였다. 깨어 있을 때 힘겨움을 꿈자리까지 끌고 와서 간신히 버텨 내는 사람처럼 보였다. 웅크린 몸이 아주 작아 보였다. 엄마가 저렇게 몸집이 작은 사람이었던가? 엄마는 나에게 늘 큰 사람이었다. 내게 별 관심도 없고 다정하지도 않지만 그 든든함만은 한결 같았다. 그 어떤 풍파가 와도 버텨 낼 영웅처럼 보였는데, 조그맣게 웅크린 엄마는 몹시 허약해 보였다. 안쓰러움이 손끝을 타고 올라와 가슴을 건드렸다.

"효정이니?"

엄마가 실눈을 떴다.

"뭐 해?"

엄마와 눈이 마주쳤다.

"어, 그냥……."

엄마 물건을 훔치려다 들키기라도 한 듯 뜨끔했다.

"저……."

뭐라도 변명을 늘어놓으려는데 엄마 눈이 다시 감겼다. 숨소리가 고르게 들렸다. 찡그렸던 이맛살도 펴졌다. 웅크렸던 몸도 곧고 바르게 되며 다시 큰 몸으로 되돌아왔다. 훨씬 편하게 잠든 엄마를 물끄러미 보다가 자리에서 일어났다. 방으로 돌아와서 교복을 입고, 화장을 하고, 머리를 매만지고, 가방을 정리한 다음 신요한이 준 장치를 왼쪽 귀에 꽂았다. 전화기를 챙긴 뒤 엄마 방문 앞에 잠시 섰다. 어떻게 할까

하다가 그냥 현관문을 열고 밖으로 나왔다.

현관 밖으로 나오자마자 오른쪽 귀에 이어폰을 꽂은 채 노래를 들었다. 노래 말고는 아무런 소리가 들리지 않았다. 이랑이 부르는 노래가 귀를 가득 채웠다. 눈은 쏟아지는 햇살을 즐겼다. 학교가 다가오면서 점점 가슴이 설렘으로 차올랐다. 교문을 지나 교실로 가는데 발걸음과 음악이 하나가 되었다. 통통 튀는 행복이 교실문을 밝게 열었다. 자리에 앉자마자 혜미가 뒤따라 들어왔다. 반갑게 인사하고, 가볍게 대화를 나눴다. 채하빈과도 인사를 나눴고, 김희지와 이선혜도 나를 보자마자 반갑게 웃어 보였다.

어제는 환상이 아니었다. 진짜였다. 내 삶은 진짜 바뀌었다. 혹시라도 크게 부풀어 올랐다가 비누거품처럼 터져 버리지나 않을까 걱정했지만 기우일 뿐이었다. 혜미는 어제보다 더욱 나를 반갑게 대했고, 채하빈과 김희지, 이선혜도 오래된 친구처럼 나를 대했다. 나는 물처럼 네 사람 사이로 스며들었다. 그 옛날 나로서는 상상도 할 수 없던 모습이었다. 내가 이렇게 자연스럽게 스며들다니, 아무리 혜미 분석 알고리즘이 알려 준 대로 한다고 해도, 신기한 일이었다.

처음에는 혜미에게 억지로 맞추었고, 말을 어떻게 하고, 어떻게 행동해야 할지 알고리즘이 분석한 내용에 어긋나지 않으려고 신경을 곤두세워야 했다. 안 그런 척했지만 늘 긴장해야만 했다. 시간이 흐르면서 나는 익숙해졌다. 겉으로 드러난 말이나 행동뿐 아니라 마음으로도 자연스러워졌다. 굳이 알고리즘 분석을 떠올리지 않아도 혜미가 어떤 말을 하면 좋아하고, 어떤 사람에게 끌리고, SNS에 나오는 어떤 사진에 끌리는지 알게 되었다. 더는 억지로 맞출 이유가 없었다. 훈련과 연기는 내 말과 몸짓에 달라붙었다.

말 없고, 무기력하고, 의미 없는 시간으로 삶을 채우던 김효정은 뒤로 밀려났다. 그 대신 적당히 활발하고, 적당히 말하고, 드러내 놓고 꾸미지 않지만 외모에 조금은 관심이 있고, 은근히 자극적인 맛을 좋아하고, 담백한 사진을 좋아하고, 아름다움에 감탄할 줄 알고, 못된 남자를 싫어하고, 미래보다는 지금을 더 즐기지만 그럼에도 살짝 미래가 불안하고, 중심에서 벗어난 톡톡 튀는 음악을 좋아하고, 세상을 조금은 비틀어서 보고, 마음 맞는 친구가 세상에서 가장 좋고, 달달한 드라마를 좋아하고, 독립하면 고양이 집사가 되기를 소망하고, 문득 슬퍼지고, 가끔 왜 사는지 묻지만 심각하게 고민하지는 않고, 길가에 핀 꽃을 지그시 바라볼 줄 알고, 체육은 잘하지 못하지만 잘하고 싶고, 운동을 잘하는 채하빈 같은 친구가 좋고, 뭐든 지나치게 잘난 척하면 무척 싫고, 돈을 많이 벌면 우리나라 사람이 한 명도 없는 곳으로 여행을 떠나고 싶고, 지나친 내숭도 지나친 솔직함도 싫고, 외로움이 싫지만 그렇다고 마음에 맞지 않는 사람과 억지로 가까이 지내지는 않고, 잘난 애들을 조금은 질투하지만 그렇다고 자존심은 상하지 않는 김효정이 새로운 나로 자리잡았다.

모든 게 혜미가 좋아하고 어울리고 끌리는 됨됨이였다. 아마도 혜미는 자신이 이런 걸 좋아하고 끌린다는 사실을 제대로 알지 못할 것이다. 어쩌면 내가 혜미를 혜미 자신보다 더 잘 아는지도 모른다. 문득 혜미에게 맞춰서 구성된 내가 참된 나인지 의문이 들었지만 그런 의문은 봄바람에 날리는 먼지처럼 곧바로 사라져 버렸다. 어차피 그 이전까지 나는 투명 인간에 백지 인간이었다. 아무것도 없었으니 새롭게 그린 내가 진짜 나인지 아닌지는 아무 상관이 없었다. 그냥 나는 새로운 나였다. 혜미에게 어울리는 김효정은, 나 스스로에게도 꽤 마음에 들었다. 혜미 같은 애가 좋아하는 됨됨이라면 그 됨됨이로 살아도 좋을 듯했다. 따지고 보면 나는 세상에서 소외된 부적응아에서 지극히 평범한 사람으로 거듭난 셈이다.

이랑이 부르는 「평범한 사람」이란 노래가 딱 내 상황과 맞아떨어졌다.

♬평범한 사람이 나는 좋아요
평범한 커피점에서 만나요
평범한 옷과 신발을 신고
사람들 사이에서 눈에 띄지 말아요
평범한 사람이 나는 좋아요
평범한 일상을 함께 보내요♪

– 이랑 「평범한 사람」 중에서

평범한 사람이 되어서 기뻤지만, 조금 불편한 점도 있었다. 평범한 사람이 되니 나를 몰랐던 애들도 내 이름을 부르고, 나에게 말을 걸어오고, 일일이 응대해야 했다. 선생님들도 가끔 나를 알아보았고, 수행평가를 할 때도 참여해야만 했고, 체육 활동을 할 때도 뒤로 빠져서 가만히 있을 수 없었다. 옛날 같으면 겪지 않을 일들이 나를 귀찮게 했다. 귀찮음이 극에 달하면 차라리 다시 투명 인간으로 돌아가고 싶기도 했지만, 그때로 돌아갈 방법은 없었다. 나는 이미 투명 마법에서 벗어나 버렸고, 투명 마법을 되찾을 방법은 없었다.

평범한 일상이 내 삶에 자연스럽게 스며들 때쯤, 평범함을 뒤흔드는 사건이 벌어졌다. 옛날 같으면 겪지 않을 일이고, 일어난다고 해도 나와 아무 관련이 없을 일이지만, 평범한 사람이 된 뒤에는 그럴 수 없었다.

4교시, 오유자 선생님 수업시간이었다. 수업이 15분쯤 남았을 때 오유자 선생님이 인쇄물을 나눠 주며 우리에게 풀라고 했다. 나는 인쇄물을 받자마자 문제를 바로 풀었다. 다 알지는 못했다. 아는 문제는 제대로 풀고 모르는 문제는 대충 그럴싸한 문구로 채웠다. 5분을 남기고 나눠준 인쇄물을 거뒀다. 그런데 김희지와 이선혜는 엉뚱한 장난에 빠져서 노닥거리다가 문제를 전혀 풀지 못했다. 인쇄물을 내라고 할 때가 돼서야 화들짝 놀라서 급하게 풀려고 했는데 그 모습이 오유자 선생님 눈에 걸려들고 말았다.

"너희들 지금 뭐 하는 거야? 10분이나 줬는데 아무것도 안 해? 나를 무시하는 거야? 너희들이 그러고도 학생이야?"

오유자 선생님은 매섭게 김희지와 이선혜를 몰아붙였다.

김희지와 이선혜는 아무 말도 못 하고 고개를 푹 숙이고만 있었다.

"선생님이 묻잖아? 대답 안 해?"

주먹으로 한 대 맞은 듯 튀어나온 광대, 순한 영양을 한입에 잡아먹으려는 악어처럼 부풀어 오른 핏빛 입술, 매끄럽게 뻗어 나가다 잔인한 팔뚝 끝에 울퉁불퉁하게 매달린 주먹, 징그러운 멸시를 품은 강렬한 눈꼬리, 내 자식은 너희들 따위와는 다르다는 오만함으로 우뚝 솟은 콧대가 굴종을 강요하며 김희지와 이선혜를 압박했다.

"잠깐… 정신이 팔려서……."

"시간을… 잘못 봐서……."

김희지와 이선혜는 힘겹게 대답을 뱉어 냈다.

"그걸 대답이라고 해?"

오유자 선생님은 소리를 지르며 주먹으로 책상을 내리쳤다.

딩동~~ 딩딩딩~~~~

그때 4교시가 끝나는 종소리가 울렸다.

"수업 끝! 너희들은 남아서 이거 다하고 나가."

오유자 선생님은 김희지와 이선혜를 교탁 앞에 앉히더니 문제를 풀게 했다. 다른 애들은 혹시라도 트집이 잡힐까 봐 얼른 밖으로 나가 버렸다. 혜미와 채하빈과 나는 복도에서 교실 안을 살피며 기다렸다. 둘을 남겨 놓고 밥 먹으러 갈 수는 없었다.

김희지와 이선혜는 꼼짝도 않고 자리에 앉아서 문제를 풀었고, 10분쯤 지난 뒤 인쇄물을 오유자 선생님에게 제출했다.

"이걸 지금 다 풀었다고 가져온 거야? 제대로 못 해?"

둘은 또다시 문제와 씨름했고 조금 뒤 다시 제출했다. 이번에도 오유자 선생님은 무엇이 잘못됐는지 지적하지는 않고 엉망이라고 하면서 다시 해 오라고 했다. 그런 과정이 점심시간 내내 계속 됐다. 시간을 보니 조금만 더 늦으면 밥 먹을 시간이 없을 듯했다. 이미 밥을 다 먹고 온 애들도 있었지만 아무도 교실 안으로 들어가지 않았다. 복도까지 왔다가 교실 안쪽을 확인하고는 혹시라도 트집이 잡힐까 봐 얼른 피해 버렸다. 그래서 복도에는 우리 셋밖에 없었다. 시간은 자꾸 가는데 끝날 기미가 안 보였다. 시간을 확인한 혜미가 문을 열고 교실 안으로 들어갔다.

"선생님!"

혜미가 정중하게 말했다.

멸시를 품은 눈빛이 혜미를 향했다.

"점심시간이 다 끝나갑니다. 애들이 잘못은 했지만, 밥은 먹게 해 주세요."

혜미는 최대한 예의를 갖추었다.

"밥이라고 했니? 이런 애들은 밥 먹을 자격도 없어."

찬바람이 불었다.

"그래도……."

"입 다물고 나가!"

말이 통하지 않았다.

"아무리 그래도 밥도 못 먹게 하는 건 조금 심하세요."

"뭐? 심해? 너 지금 그게 선생님에게 할 소리야?"

불꽃이 이글거렸다.

"버르장머리 없이, 선생님에게……. 너희 엄마가 너를 그따위로 선생님에게 말하라고 가르쳤니?"

그 순간 혹시 내가 잘못 들었나 싶었다. 아무리 화가 나도 교사가 학생에게 할 말이 있고, 하지 말아야 할 말이 있다. 그 말은 교사가 학생에게 할 만한 말이 아니었다. 충격을 받았는지 혜미 몸이 복도 창문에서도 느껴질 만큼 파르르 떨렸다. 혜미는 몸을 휙 돌려서 밖으로 나와버렸다.

"하여튼 요즘 애들은 가정교육이 형편없어."

오유자 선생님이 나가는 혜미를 향해 또다시 막말을 퍼부었다. 교실 문을 나오는 혜미 얼굴은 치욕으로 새빨개져 있었다. 우리는 울분을 삼키며 끝까지 복도에 남아서 기다렸다. 오유자 선생님은 점심시간이 5분 남았을 때에야 김희지와 이선혜를 풀어 주었고, 우리는 결국 점심을 먹지 못했다. 오유자 선생님이 간 뒤에 김희지와 이선혜는 책상에 엎드려 펑펑 울었다. 혜미는 자신도 충격을 받았으면서도 그런 둘을 위로하려고 애썼다.

그때 정근엽이 지나가면서 김희지와 이선혜를 비웃었다.

"허이고, 누가 죽기라도 했냐? 여자가 꼴사납게 울기는……."

우리 다섯은 일제히 정근엽을 노려봤다.

"야! 너!"

채하빈이 벌떡 일어났다. 정근엽은 도망을 쳤고 채하빈은 화가 있는 대로 뻗쳐서 뒤를 쫓았다. 도망을 치던 정근엽은 마침 자기 자리로 걸어가던 차건호를 잡아채더니 채하빈에게 밀어 버렸다. 그 바람에 차건호와 채하빈이 엉켜서 넘어졌다. 차건호는 화들짝 놀라며 재빨리 일어났는데, 얼굴이 시뻘겠다.

"어휴, 둘이 뭐 하냐? 사귀냐? 교실에서는 자제해라."

교실 문에 서서 정근엽이 또다시 기분 나쁜 말을 내뱉었다.

점심시간에 밖에서 놀던 남자애들은 무슨 일이 벌어졌는지도 모른 채 정근엽 말을 듣고는 같이 놀림에 가세했다. 웬만해서는 기가 죽지 않는 채하빈도 어쩔 줄 몰라 하며 자리로 돌아왔다. 꽉 쥔 주먹이 부들부들 떨렸다.

"뭐 하는 짓이야!"

혜미가 남학생들에게 소리를 질렀다.

혜미가 이 반에서 이렇게 소리를 지른 건 처음이었다. 혜미는 부반장이라 애들을 이끄는 경우가 많았지만 늘 차분하게 말하고 잘 따르지 않는 애들에게도 강요보다는 부탁조로 말할 만큼 성격이 좋았다. 그런 혜미가 불같이 화를 내자 정근엽에 동조하며 아무 말이나 내뱉던 남자애들이 모두 입을 다물었다.

혜미가 쏟아 낸 분노에 교실은 아슬아슬한 긴장에 짓눌리며 침묵으로 빠져들었다. 아무도 감히 입을 벙긋하지 못했다. 착한 사람이 화내면 아주 무섭다더니 정말 그랬다. 그때 신요한이 교실로 들어왔다. 늘 그렇듯이 무료하고 무심한 표정이었다. 신요한과 내 눈이 마주쳤다. 둘이 교실에서 눈길을 주고받기는 처음이었다. 평소에 나와 신요한은 둘 다 서로를 전혀 모르는 척했다. 그때 처음으로 교실에서 신요한을 정면으로 보았고, 신요한은 고개를 갸웃하며 나를 응시하더니 입술을 삐죽 내밀고는 자리에 가 엎드렸다. 김희지와 이선혜는 여전히 눈물을 닦으며 울고, 채하빈과 차건호는 창피함에 어찌할 바를 모르고, 혜미는 끓어오르는 분노를 삭히지 못해 부들부들 떨었다.

오유자, 정근엽은 선을 넘었다. 넘어도 한참을 넘었다.

'가만두지 않을 거야!'

입술을 깨물었다. 내 안에서 복수의 신 네메시스가 꿈틀거렸다. 내게는 힘이 없지만 신요한은 힘이 있다. 책상에 엎드린 곱슬머리가 그 어느 때보다 든든해 보였다.

* * *

열을 내며 낮에 벌어진 사건을 털어놓았는데도 신요한은 시큰둥했다. 종종 하품을 하고 목이 결린지 자꾸 손으로 목을 매만졌다. 눈을 부비기도 하고 곱슬머리를 왼손으로 잡고 꼬기도 했다. 내가 얼마나 억울하고 화가 나는지 덧붙였지만 신요한은 내 감정은 전혀 느끼지 못하는 듯했다.

"다 끝났냐?"

내가 복수를 말하기도 전에 신요한은 하품을 길게 하더니 몸을 돌리려 했다.

"너 같으면 화가 안 나겠어?"

"글쎄. 뭐, 요즘 연구가 잘 안 돼서 골치가 아프긴 해. 요즘 적대 신경망 기술을 한 단계 높이려고 이런저런 시도를 하는데 잘 안 되고 있거든. 조금 답답해서 짜증이 나기는 하는데, 화까지 나지는 않아."

신요한은 내 질문이 아니라 자기 처지를 두고 말했다. 마치 내가 한 말을 전혀 듣지 못한 사람처럼 굴었다.

"내 말 좀 들어! 내가 억울하고 화가 났다고."

"화난 건 알겠어. 그리고 나도 갑갑한 상황이야."

내 감정에는 아랑곳 않는 신요한에게 내 감정을 더 설명하려다 생각을 고쳐먹었다. 신요한은 설득한다고 마음을 바꾸지 않는다. 내가 원하는 걸 말하고, 신요한이 내 말대로 움직이게 만들면 된다.

"복수하고 싶어."

"하고 싶으면 해."

신요한은 노트북으로 몸을 돌리려고 했다.

"네가 해 줘."

신요한은 돌리려던 의자를 멈추더니 손으로 눈을 비비고는 눈을 찡그렸다.

“혼내 달라고?”

“아니, 혼내 주는 정도로는 모자라.”

“그럼?”

“학교에서 내쫓아 버리면 좋겠어.”

“둘 다?”

“가능하면.”

“흠, 망신을 주거나 쪽팔리게 하는 거면 모르겠지만, 쫓아내라니……. 그게 그렇게 마음대로 되냐? 특히 학교 선생님을…….”

자신 없는 말투였다.

“그럼 오유자는 그 입 좀 닥치게 해 주고, 정근엽은 어디 다른 학교로 보내 버려.”

나로서는 엄청나게 양보한 요구였다.

“그것도 그렇게 쉽지 않아.”

요구 수위를 낮추었음에도 신요한은 여전히 자신 없어 했다.

“해킹 실력도 으뜸이고, 빅데이터 알고리즘도 최고로 잘 다룬다는 신요한이 그 정도도 못 해? 실망이네.”

신요한을 다루는 법은 내가 잘 안다. 컴퓨터 프로그램에게 도움을 받지 않아도 잘 안다. 몇 달 동안 신요한을 겪다 보니 신요한이 어떤지 꽤나 많이 알게 되었다. 어쩌면 빅데이터라는 것도 많은 경험과 크게 다르지 않은지도 모르겠다. 그제야 나는 처음으로 빅데이터가 작동하는 원리를 조금은 이해한 듯했다.

“누가 못 한데…….”

내 예상대로 신요한은 발끈하더니 내 요청을 받아들였다.

“정근엽이라, 정근엽! 데이터가 얼마나 쌓였는지 볼까……. 흠… 아… 그 초등학생이랑 사귀던 놈이구나. 흠… 데이터는 넉넉하고……. 이건 뭐 완전 쓰레긴데……. 쉽지 않겠는데…….”

신요한은 몸을 더욱 웅크리며 노트북에 눈을 더 가까이 댔다.

“오유자라고 했지?”

“응.”

“오유자, 오유자라… 한번 볼까……. 데이터는 넘칠 만큼 넉넉하고…… 잘난 척 엄청 하네……. 딸이 뭐… 이건 어마무시하군….”

신요한은 잇따라 감탄하며 노트북을 봤다. 나도 같이 노트북을 보고 있었기에 신요한이 무엇에 감탄하는지 알 수 있었다. 오유자 선생님은 툭하면 딸 자랑을 늘어놓는다. 야단을 칠 때면 늘 딸과 견주며 학생들 자존심을 긁어 댔다. 딸이 얼마나 대단하다고 그러나 싶었는데 신요한이 보여 주는 자료에 따르면 오유자 선생님의 자랑은 제대로 된 자랑도 아니었다. 상상 속에서나 가능한 인간처럼 보였다. 왜 툭하면 딸 자랑을 하는지 알 만했다. 괜히 속이 상했다. 그런 못된 여자에게 이렇게 완벽하고 뛰어난 딸이 있다니 더욱 화가 났다.

“잠깐… 이거 봐라……. 자, 어디 의료기록을… 오호… 이런 비밀이… 그렇지…. 흠…….”

화면에는 한글이 아니라 영문과 복잡한 기호들이 빠르게 움직였다. 화면을 뚫어지게 봐도 뭐가 뭔지 알 수가 없었다.

"자식이… 어쭈! … 오호, 흠, 그렇군! 이 선생은 뭐… 확실한 약점이 있네."

"정말? 방법을 찾은 거야?"

나는 화면으로 더 바짝 다가갔다.

복잡한 기호와 영어가 사라지고 사진 한 장이 떴다. 잔뜩 찡그린 채 고개를 살짝 숙이고 의심이 가득한 눈으로 정면을 노려보는 사진이었다.

"누구야?"

내가 손으로 사진을 짚었다.

"오유자 아들!"

오유자 선생님은 아들 이야기는 한 적이 없다.

"아들이… 약점이야? 왜?"

"팝콘이야."

먹는 팝콘은 아닐 테니 무슨 뜻인지 헤아리지 못했다.

"팝콘이라니?"

"그런 게 있어."

설명을 마다할 신요한이 아닌데 그때는 웬일인지 몰라도 사진을 노려보기만 할 뿐 다른 말을 덧붙이지 않았다. 나에게도 '팝콘'이 뭔지 따위는 중요하지 않았다. 그걸 이용해 오유자 선생님에게 복수하기만 하면 된다.

"그 팝콘을 이용하면 오유자를 내쫓을 수 있어?"

"학교에서 쫓아낼 수는 없겠지만, 굉장히 쪽팔리게 만들어서 더는 학생들을 괴롭히지 못하게 만들 수는 있을 거야."

나는 만족스러웠고 밝은 웃음을 신요한에게 지어 보였다. 그러면 신요한은 이러쿵저러쿵 하며 긴 설명을 늘어놓거나 잘난 척하는데 그때는 아니었다. 신요한은 입을 꾹 다물고 팔짱을 끼더니 몸을 의자에 깊숙이 묻었다. 그런 모습은 처음이었다. 신요한은 일이 풀리지 않으면 컴퓨터 화면으로 더 바짝 다가가는 습성이 있다. 막히면 더 집요하게 파고든다. 그런 신요한이 팔짱을 끼고 의자에 몸을 깊숙하게 묻었다. 신요한이 맞닥뜨려 본 적 없는 막막함이 분명했다. 아무래도 정근엽 때문인 듯했다. 신요한에게 말하기만 하면 바로 복수를 해줄 줄 알았던 나로서는 답답한 노릇이었다. 신요한이 막히면 나라도 길을 찾아내야만 했다.

"초6이랑 사귄 걸 소문내면 어떨까? 유명한 사건이니 꽤 영향이 있지 않을까?"

내가 제안했다.

"그걸 이상하게 여기는 사람도 있겠지만, 그걸로 네가 원하는 만큼 정근엽이 영향을 받지는 않을걸."

듣고 보니 맞는 말이었다.

"정근엽한테 약점 같은 거 없어?"

"생긴 거랑 다르게 귀여운 여자를 엄청 좋아해. 초6을 괜히 사귄 게 아니야."

골목에서 힘없는 애를 괴롭히면서도 전화기에 대고 귀여움을 떨던 목소리가 떠올랐다. 역겨운 그 짓을 정근엽이 좋아해서 했다고 생각하니 더 열이 치밀었다.

"포르노도 엄청 봐. 포르노 취향도……."

알수록 못된 놈이었다.

"그걸 소문내면……."

"정근엽은 인성이 쓰레기야."

속이 시원한 말이었다.

"인성이 쓰레기라 포르노 보는 걸 도리어 자랑스러워 해. 애들한테 보낼 정도로."

역겨움에 속이 뒤틀렸다.

"보통 사람이면 창피해서 어쩔 줄 모르는 사건조차 아무렇지 않는 정도가 아니라, 도리어 자랑스러워할 놈이야."

왜 신요한이 막막해 했는지 알 만했다.

"이 새끼는 뭘 해도 소용이 없어."

그렇다고 포기할 수는 없었다.

"방법이 없을까?"

신요한이 두 손으로 곱슬머리를 쓸어 넘기더니 다시 팔짱을 꼈다.

"이런 뻔뻔한 쓰레기는 범죄를 저지르지 않는 한 어떻게 해 볼 도리가 없어."

길은 바로 거기에 있었다.

"범죄를 저지르게 하면 되잖아!"

"범죄를 저지르게 한다… 범죄를……. 그러면 되는데……. 이 쓰레기가 겉으로 드러나는 모습과 달리 엄청 소심한 경향이 있어서… 범죄를 저지르게 만들기 쉽지 않은데……."

신요한이 컴퓨터 작업을 할 때는 중얼거리며 혼잣말을 하는 경우가 많은데, 그때 말투가 딱 그랬다.

"그것도 못 해?"

신요한을 또다시 자극했다.

"너는 나를 죽지 못하게 막았잖아. 혜미가 나에게 끌리도록 만들었고, 심지어 살인범죄가 일어나기 직전에 막아 내기도 했잖아. 그 정도 능력이면 정근엽 같은 쓰레기가 범죄에 빠지게 할 수도 있는 거 아냐?"

신요한 오른쪽 입술이 심하게 일그러지며 씰룩거렸다. 오른쪽 볼과 눈 둘레가 부르르 떨리기까지 했다. 내가 제대로 자존심을 건드린 모양이었다.

"기다려. 방법이 있을 거야."

신요한은 팔짱을 풀고 노트북에 다가들었다. 나는 뒤로 조금 물러났다. 신요한이 일에 집중할 때는 멀리 떨어지는 게 좋기 때문이다. 신요한은 꼼짝도 않고 작업에 몰두했다. 나는 부엌에서 가볍게 먹을 샌드위치를 만들었다. 샌드위치를 가져다주었지만 신요한은 건드리지도 않았다. 무서운 집중력이었다.

"얼추…… 이 정도면……."

신요한은 아주 느리게 몸을 일으키더니 샌드위치를 집어 들었다.

얼굴은 한결 편해 보였다.

"맛있네."

"입에 맞으니 다행이다. 길은 찾았어?"

"방법을 찾긴 했는데, 시뮬레이션해서 조금 더 보완해야 해. 최소한 성공 확률이 60%는 넘어야 하는데 지금은 확률 계산도 안 돼."

"시뮬레이션이…… 뭐야?"

"찾아낸 방법이 제대로 먹히는지 여러 가지 조건들을 고려해서 가상으로 돌려 본다는 말이야."

"실험 같은 거야?"

"비유하자면 그렇지. 슈퍼컴퓨터만 있으면 얼마 안 걸리겠지만 내 컴퓨터 시스템이 성능은 좋아도 슈퍼컴퓨터 급은 아니어서 시뮬레이션하려면 시간이 조금 걸릴 거야."

"얼마나?"

"돌발 변수가 없으면… 내일 아침이면… 끝나겠지."

"그럼 내일 아침부터 바로 들어가는 거야?"

반가움에 목소리가 들떠 나왔다.

"시뮬레이션 결과에 따라 달라. 정근엽과 오유자를 동시에 공략하는 계획이라 며칠 더 준비해야 할지도 몰라."

정근엽과 오유자를 한꺼번에 혼내 주는 방법을 찾아내다니, 역시 신요한이었다.

“확실히 쫓아낼 수 있는 거야?”

“말했잖아. 확률 계산도 안 된다고.”

“어려워?”

“가능성은 있어. 확률 계산이 안 될 뿐이야.”

“그럼 방법을 찾았다는 거네. 대단해!”

내 칭찬을 듣고 신요한이 살그머니 웃었다.

“이제부터 밤샘 작업을 해야 해. 뭐 늘 그렇긴 하지만…….”

신요한이 가볍게 하품을 하고 어깨를 돌렸다.

“내가 맛있는 간식 많이 만들어 놓을게.”

내가 도와줄 일은 그뿐이었다. 신요한은 내 말을 듣고 입술을 삐죽 내밀었다. 기분이 좋은지 그저 그렇다는 뜻인지 어림하기 어려운 표정이었다.

“대충 어떻게 하는지 설명해 줄 수 있어?”

다른 일 같으면 이런 질문은 절대 안 한다. 괜히 물어보았다가 지루한 설명을 한참 동안 들어야 하기 때문이다. 그렇지만 정근엽과 오유자 선생님에게 복수하는 방법은 꼭 알고 싶었다. 그만큼 나는 복수심에 불타고 있었다. 내 말을 기다렸다는 듯이 신요한은 아주 길게, 잘 알아듣지도 못하는 전문용어를 써가며 설명을 늘어놓았다. 당연히 다 알아듣지 못했지만, 얼추 어떤 계획인지는 이해했다.

정근엽은 귀여운 여자를 무척 좋아하고, 포르노를 즐겨 보며, 도덕심 따위라고는 없다. 겉모습에서 풍기는 분위기와 달리 무척 소심하지만 자신을 과장하고 남들에게 잘난 척하려는 경향이 강하다. 귀여운 여자를 좋아하는 까닭도, 못된 짓을 일삼는 까닭도 그 근본에는 잘나 보이고 싶은 욕망이 있다. 도덕심이 없고, 잘나 보이려는 욕구가 강하기에 적절하게 충동질하면 범죄를 저지를 수도 있다.

오유자 선생님에게는 자식이 둘이다. 첫째인 딸은 고등학생으로 앞에서도 말했듯이 엄청난 재능과 실력을 갖추었다. 오유자 선생님이 학생들에게 맨날 딸을 자랑하는데 그럴 만한 딸이다. 문제는 둘째인 아들이다. 아들은 심각한 '팝콘 브레인'(Popcorn Brain)이다. 팝콘 브레인은 팝콘이 터지듯이 강한 자극에만 뇌가 반응하는 현상을 가리킨다. 둘째인 아들은 평범한 일상생활을 견디지 못하고 늘 게임과 영상만 붙들고 지낸다. 수업시간에도 가만히 있지 못하고 끊임없이 스마트폰을 만지려고 해서 학교에서도 늘 말썽이다. 게임과 영상을 접하지 않으면 삶이 무너질 지경이기에 정신과 진료도 받는다. 딸은 오유자 선생님에게 엄청난 자랑거리지만, 아들은 골칫거리고 오유자 선생님이 학교에서 성깔을 부리는 주된 원인이다.

신요한이 세운 계획은 이렇다. 인물 생성 프로그램으로 귀여운 여자애 한 명을 만들어 내어 SNS 활동을 한다. 당연히 가짜 친구들도 만들어서 실제로 있는 사람처럼 꾸민다. 이건 내 SNS 계정을 활성화할 때 썼던 방법이다. 귀여운 여자애를 좋아하는 정근엽과 자연스럽게 친구를 맺고 개인 메신저도 주고받는다. SNS와 메신저를 통해 정근엽에게 꼰대 같은 여선생이 싫다는 얘기를 반복해서 하고, 그런 꼰대 같은 여선생을 혼내 주는 남자가 멋지다고 자꾸 자극을 한다. 또 한편에서는 못된 짓을 하는 동영상을 촬영해 공유하는 카페를 만들고, 여기에 정근엽을 끌어들인다. 카페는 동영상 수위를 위험도에 따라 분류하고, 위험도 높은 동영상을 올리면 카페 등급이 오르면서 대접이 달라지게 운영한다. 특히 자신이 직접 범죄를 저지르는 동영상은 무조건 높게 평가받는다. 귀여운 여자애는 오유자 선생님을 떠올릴 수 있도록 사건과 문자를 반복해서 보내고, 카페에서는 등급이 낮은 정근엽을 무시하는 분위기도 만든다.

어느 정도 사건이 무르익었을 때 정근엽을 통해 오유자 선생님 아들이 팝콘 브레인이며 말썽을 부린다는 사실이 알려지도록 한다. 정근엽에게 은근 슬쩍 정보가 흘러들어 가도록 하고, 정근엽을 축으로 정보가 학교에 퍼지도록 한다. 약점인 아들에 관한 소문이 학교에 퍼지면 오유자 선생님은 수치스러워서 다시는 학생들 앞에서 자식 자랑을 늘어놓지 못하게 될 것이다. 거의 모든 학생들이 오유자 선생님을 싫어하기에 정근엽은 학생들 사이에서 영웅이 되고, 정근엽은 자만심이 하늘을 찌르게 된다.

학교에서는 평판이 올라가고 잘난 척하는데 귀여운 여자애는 정근엽을 일부러 더 무시한다. 그냥 아는 걸 세상에 퍼트리는 정도로 잘난 척하는 오빠에게 실망했다고 한다. 카페에 자랑을 했지만 그런 수준 낮은 걸로 자랑하는 정근엽을 더욱 무시하며 심지어 카페에서 퇴출시

켜야 한다는 흐름까지 만들어 낸다. 한쪽에서는 자만심이 치솟고 한쪽에서는 자만심이 짓밟히는 상황이 오면, 정근엽은 모멸감을 느끼고 무시당하는 쪽에서도 인정받고 싶은 욕구가 증폭한다. 그때 귀여운 여자애가 용감하게 훔친 걸 선물해 달라고 요구한다. 증거 영상도 보내 달라고 한다. 그 영상을 정근엽은 카페에도 올릴 테고, 그럼 정근엽은 끝장이다.

설명을 듣고 계획을 얼추 이해했지만 계획대로 될 거라는 확실한 믿음이 생기지는 않았다. 한 가지 선택이면 모르지만 설계한 사람이 원하는 선택을 여러 단계 동안 지속하게 만드는 게 만만해 보이지 않았다. 시뮬레이션을 여러 번 한다고 해서 과연 성공 가능성이 높아질까?

"성공할 가능성이 얼마나 된다고 봐?"

"시뮬레이션을 해 봐야 알겠지만, 높게 잡아 봐야 50%일 거야."

실패할 확률이 절반 이상이라니 역시 내 걱정대로였다.

"실패하면 어떡해?"

"다시 하면 돼."

내 걱정과 달리 신요한은 무미건조하게 대꾸했다.

"안 그래도 적대 신경망 연구가 잘 안 풀려서 머리를 식히고 싶었는데, 잘됐어. 정근엽과 오유자라…, 흠, 꽤 괜찮은 실험 대상이야…….
자, 이제 들어가 볼까!"

신요한은 두 손을 싹싹 비비며 약간 흥분한 표정으로 작업에 들어갔다.

나는 약속대로 간식을 만들어 주고 늦은 시간까지 같이 있다가 집으로 왔다. 집에 와서 확인해 보니 그동안 혜미와 채하빈 등이 같이 있는 단체 대화방에서는 정근엽과 오유자 선생님을 향한 분노가 폭발한 상황이었다. 나도, 아니 나를 대신한 알고리즘 프로그램도 그곳에 참여해 적당하게 화를 내고, 적당하게 욕을 쏟아 낸 상태였다. 대화 내용을 보니 혜미는 화가 줄기는커녕 폭발 직전 상태였다. 나는 '복수할 준비를 한다'고 말하고 싶었지만, 애써 꾹꾹 눌렀다.

첫째 날, 신요한은 시뮬레이션 결과 55% 성공 확률이라고 알려 주었고, 얼굴 사진 생성 프로그램으로 만든 아주 귀여운 중1 여학생을 보여 주었다. 그러고는 SNS 계정을 만들고 활동이 이루어지도록 프로그램을 가동하는 장면도 보여 주었다.

둘째 날, 불법 촬영물을 비밀리에 공유하는 카페에서 컴퓨터 프로그램으로 생성한 회원들이 활발하게 활동하는 장면을 보여 주었다. 귀여운 여학생은 정근엽 SNS로 차근차근 접근하고 있었다.

셋째 날, 귀여운 여학생과 정근엽이 SNS 친구를 맺었고, 메신저도 주고받았다. 정근엽은 카페에 신규회원으로 가입했다.

넷째 날, 정근엽은 또다시 채하빈과 충돌했다. 오유자 선생님은 괜한 트집을 잡아 혜미를 부반장답지 못하다면서 비난했다. 이번에도 자기 딸과 혜미를 견주며 딸 자랑을 했고, 혜미를 깎아내렸다. '당신 아들은 엉망이면서, 당신 아들이나 제대로 키워!' 하고 쏘아붙이고 싶었지만 계획을 그르치면 안 되기에 꾹 참았다.

다섯째, 여섯째 날은 주말이라 어떻게 돌아가는지 알 수 없었다.

일곱째 날, 신요한에게 진척 상황을 물었지만 그냥 모른다는 대답만 돌아왔다. 모든 건 알고리즘이 알아서 관리할 테니 내버려두라고 했다. 머리를 잠시 식혔으니 자신은 본 연구에 집중해야 한다면서 정근엽과 오유자 선생님을 망가뜨리는 작업은 그리 중요하게 여기지 않았다. 무척 서운했지만, 원래 정이라고는 없고, 사람 배려할 줄 모르는 신요한이기에 실망감을 드러내지는 않았다.

여덟째 날부터는 그 일에 관한 대화를 일절 나누지 않았다. 미칠 듯이 궁금했지만 묻지는 못하고 속으로만 끙끙 앓는 날들이 지나갔다. 그동안 나와 혜미는 아주 가까워졌고, 문자도 가끔 내가 직접 보냈다. 채하빈과 차건호는 그렇고 그런 사이라는 엉뚱한 소문에 시달렸다. 김희지와 이선혜는 오유자 선생님 수업 때마다 이름이 불리며 괴로운 날들을 견뎌야 했다.

22일 되는 날, 그동안 아무 말이 없던 신요한이 그 일에 관해 입을 열었다.

"'프레이밍 효과'(Framing Effect)란 말 들어 봤어?"

물론 처음 듣는 말이다. 저런 말을 할 때면 자랑을 늘어놓으려는 의도다.

"코끼리를 생각하지 마라는 말을 들으면 코끼리를 더 생각하게 될까, 아니면 말 그대로 덜 생각하게 될까?"

'생각하지 마라' 하면 더 생각나는 게 사람 심리다. 하지 말라는 엄마

개구리 말을 듣고 더 말썽을 부리는 청개구리 이야기도 있지 않은가!

"조금 전에 정근엽이 거기에 걸려들었어."

그러면서 신요한은 알고리즘으로 만든 가짜 여학생과 정근엽이 나눈 대화 내용 가운데 일부를 보여 주었다.

귀염둥이 : 하지 마!

귀염둥이 : 내 말은 잊어 버려.

귀염둥이 : 오빠는

귀염둥이 : 그런 거 못 하쥐?

귀염둥이 : 괜히 기대했네.

정근엽 : 아니 그게 아니고

귀염둥이 : 나도 못 하면서 오빠한테만

귀염둥이 : 미안 ㅠㅠ

귀염둥이 : 괜히 눈물 나네 ㅠㅠㅠㅠㅠㅠ

정근엽 : 아... 이런...

귀염둥이 : 그동안 그년한테 당한 억울한 일이 생각나서

귀염둥이 : 잠깐 연락 끊을게.

귀염둥이 : ㅠㅠㅠㅠㅠㅠㅠㅠㅠㅠㅠ

정근엽 : 야, 내가

바로 그 문자까지만 확인하고 귀염둥이 여학생은 정근엽이 보낸 문

자를 더는 확인도 안 했다.

"이제 정근엽은 미쳐 버릴 거야. 카페에서도 꽤나 무시를 당했거든. 크크크! 이제 드디어 정근엽에게 오유자 선생님 아들에 관한 정보를 넘길 거야. 그러고 나면 정근엽이 내 계획대로 움직일 확률은 76%가 넘어. 확실하게 걸려든 거나 마찬가지야."

신요한은 아주 자신만만했다.

다음 날, 마침내 일이 터졌다.

"정근엽! 너 따라와."

점심시간에 갑자기 오유자 선생님이 교실에 들이닥치더니 정근엽을 끌고 갔다. 끌려가는 정근엽을 보며 몇몇 남학생들이 자기들끼리 수군거렸다. 명확하게 들리지는 않았지만, 얼핏 중독, 사고뭉치 같은 낱말이 들렸다. 오유자 선생님의 아들에 관한 소문이 남학생들 사이에서 도는 게 분명했다. 정근엽은 점심시간이 끝날 때쯤에야 돌아왔고, 남학생들은 정근엽을 치켜세우며 정근엽 둘레로 몰려들었다. 인상이 구겨져 있던 정근엽은 남학생들이 띄워 주자 신이 났고, 정근엽이 떠드는 말은 반에 있는 애들이 모두 들을 수 있었다. 오유자 선생님의 아들에 관한 소문은 순식간에 학교 전체에 퍼졌다. 그날 오후, 우리 반에 오유자 선생님 수업이 있었는데 오유자 선생님은 들어오지 않았다. 다른 선생님이 오시더니 오유자 선생님이 몸이 안 좋아서 한동안 쉰다고 알려 주었다.

그 소식이 들리자 다들 신이 나서 떠들어 댔고, 정근엽은 아이들에게서 영웅 대접을 받았다. 나는 오유자 선생님에게 제대로 복수를 했다는 생각에 기뻤으나, 다른 한편으로는 쓰레기 정근엽이 애들에게 영웅 대접을 받는 게 끔찍하게 싫었다. 이대로 계획이 실패하면 정근엽은 더 심하게 잘난 척할 테고, 특히 남자애들은 그런 정근엽과 좋다고 어울리게 될지도 모른다.

혜미와 채하빈과 이야기를 나눠 보니 나와 같은 생각이었다.

"오유자가 더 이상 우릴 괴롭히지 못하게 된 건 좋지만, 저 쓰레기가 잘난 척하는 꼴은 정말 못 봐 주겠어."

채하빈은 잘난 척하는 정근엽을 째려보며 이를 갈았다.

애들에게 인정받게 된 뒤에 정근엽은 다른 애들에게 쓰레기 같은 짓을 더는 하지 않았다. 아무래도 인정 욕구가 채워지니 굳이 다른 애들을 괴롭힐 필요를 느끼지 못하는 듯했다. 심지어 툭하면 시비를 걸던 채하빈이나 차건호에게도 아무런 짓을 하지 않았다.

신요한에게 내 걱정을 전하고 싶었지만 꾹 참았다. 정근엽을 무너뜨리는 작업은 잘되고 있는지 묻고 싶었지만 그것도 참았다. 그렇게 이레가 지났다.

"야! 올라왔어!"

막 잠을 자려고 하는데, 신요한이 전화를 걸어 대뜸 소리를 질렀다.

"올라오긴… 뭐가…?"

비몽사몽한 상태로 물었다.

“정근엽이 범죄를 저지른 영상을 카페에 올렸어.”

“정말?”

잠이 번쩍 깼다.

“그렇다니까! 역시 내 설계는 완벽했어. 내 알고리즘은 탁월해!”

신요한은 정근엽을 무너뜨리는 것에는 아무런 관심이 없었다. 오직 자신이 설계한 알고리즘이 계획한 결과를 만들어 낸 것만 기뻐했다. 신요한이 어떤 됨됨이인지 알기에 나는 참 대단하고 멋지다고 칭찬하면서 신요한에게 장단을 맞추었다.

“이제, 어떻게 할 거야?”

내가 물었다.

“어떻게 하긴……. 쫙 퍼트려야지.”

신요한이 신나게 전화를 건 다음 날, 학교가 발칵 뒤집혔다. 정근엽이 가게 창문을 부수고 물건을 훔친 촬영물이 인터넷을 타고 밤새 빠르게 퍼졌고, 낮 시간에는 포털 검색어에도 올랐기 때문이다. 점심시간 즈음에 경찰이 학교에 나타나 정근엽을 붙잡아 갔고, 다시는 학교로 돌아오지 못했다.

그날, 반가운 소식 하나가 더 들렸다. 오유자 선생님이 휴직계를 제출해서 오랫동안 학교에 나오지 않는다는 소식이었다. 아들이 팝콘 브레인이란 소문이 생각보다 오유자 선생님에게 큰 타격이 된 듯했다.

둘이 사라지니 학교가 환하게 밝아졌다. 늘 울상이던 채하빈은 웃음을 되찾았고, 김희지와 이선혜는 과학 수업을 다시 좋아하게 되었으며, 혜미는 나와 더욱 가까워졌다. 하루하루가 행복했고, 함께 보내는 시간이 길어졌으며, 내 자신감도 더불어 올라갔다. 혜미와 문자를 직접 주고받는 경우가 늘었고, SNS에 사진이나 글을 직접 올리기도 했다. 처음에는 어색했지만 자신감이 붙자 알고리즘이 올리는 내용과 내가 올리는 게 큰 차이가 없어졌다. 신요한은 학교에서는 그대로였지만 따로 만날 때면 눈에 띄게 활기가 넘쳤고, 자랑도 훨씬 강하게 했다. 자신감을 넘어 오만함까지 느껴졌다. 자신감과는 거리가 멀었던 신요한과 내가 모두 자신감이 커진 것은 언뜻 보기에는 좋은 듯했지만, 실제로는 정반대였다. 과도하게 올라간 자신감은 나에게도, 신요한에게도 독이 되고 말았다.

나는 알고리즘인가, 사람인가?

기말 시험이 끝나는 목요일 오후였다. 혜미와 오후 내내 함께 놀았다. 채하빈, 이선혜, 김희지도 같이 어울렸다. 여느 여중생들처럼 시험을 마치고 평범하게 놀았는데 내게는 그 평범함이 특별함이었다. 스스로 제어할 수 없을 만큼 자꾸 들떠서 실수를 할까 봐 불안하기도 했다. 그렇지만 귀에 낀 장치에는 손대지 않았다. 저녁이 되니 신요한이 자꾸 문자를 보냈다. 왜 안 오냐고 다그치는 내용이었다. 신요한을 만난 뒤로는 날마다 짧게라도 신요한 집에 들렀던 내가 그날따라 들르지 않으니 신요한으로서는 할 만한 독촉이었다. 물론 신요한 집에 들른다고 해서 별다른 일은 없다. 그냥 가만히 있으면서 신요한이 늘어놓는 자랑이나 이해할 수 없는 낱말로 뒤범벅이 된 설명을 듣는 경우가 대부분이었다. 가끔 내가 요리를 하면 와서 먹기는 하는데 맛있다는 말은 내가 물어보기 전까지는 하지도 않는다.

재미도 없고 의미도 없었지만 그냥 습관처럼 학교가 끝나면 신요한에게 갔는데, 그날 친구들과 신나게 놀면서 신요한과 함께 하는 시간이 얼마나 재미없고 지루한지 제대로 느끼고 말았다. 신나는 만남을 두고 지루함 속으로 가고 싶지 않았다. 혜미와 보내는 즐거운 시간을 그만두고 싶지 않았다. 혜미뿐 아니라 하빈이나 선혜, 희지도 참 좋은 친구로 다가왔기에 더욱 모임에서 빠져나가고 싶지 않았다. 늦게까지 함께 놀면서 우리는 SNS에 많은 사진과 글을 올렸다. 우리가 얼마나 신나게, 행복하게 놀았는지 SNS에 선명한 흔적이 남았다. 그날 나는 그야말로 완벽하게 평범한 여학생이 되었다는 기쁨에 젖었다.

행복하게 집으로 향하는데 다시 신요한에게서 전화가 왔다. 받지 않으려다가 굳이 안 받을 까닭이 없다는 생각에 전화를 받았다.

"너, 왜 문자를 안 해? 전화도 안 받고?"

신요한은 다짜고짜 성깔을 부렸다.

"아주 신났더라?"

신요한은 SNS에 올리는 사진과 글도 다 본 모양이었다. 어쩌면 내가 귀에 꽂은 장치를 통해 내가 나눈 모든 이야기를 듣고 있었을지도 모른다. 속속들이 안다면 변명 따위가 통할 리가 없었다.

"미안해. 애들이랑 놀다 보니 정신이 없었어."

나는 신요한과 지내면서 어떻게 신요한을 다뤄야 하는지 나름 터득

했고, 신요한이 무엇을 원하는지 정확히 알고 있었다. 그래서 신요한이 원하는 말을 재빨리 덧붙였다.

“내일은 꼭 갈게.”

내 말은 곧바로 효과를 발휘했다.

“알았어. 내일 꼭 와!”

신요한은 곧바로 누그러졌다.

전화를 끊은 뒤 나는 다시 즐거웠던 하루를 떠올렸고, 신요한 때문에 잠시 가라앉았던 기쁨이 아침 햇살보다 환하게 피어올랐다. 아침에 창문을 두드리는 빛이 주는 기쁨보다 훨씬 밝고 상쾌한 기쁨이었다. 집에 가서도 단체 대화방에는 끊임없이 글과 사진이 오갔는데, 나는 알고리즘에만 맡겨 두지 않고 스스로 글과 사진을 올렸다. 내 스스로 적절하게 대응할 수 있겠다는 자신감도 생겼다.

다음 날 금요일, 마지막 수업이 끝날 때쯤 혜미에게서 문자가 왔다. 과외가 취소되었고, 가족들도 없으니 둘이 같이 자기 집에서 놀자는 제안이었다. 나는 반가운 마음에 곧바로 승낙했다. 혜미와 단둘이 혜미 집에서 논다니, 꿈같은 일이었다. 혜미가 사는 동네에서 만나기로 약속하고 교문을 나와 걸어가는데 갑자기 이상한 문자가 떴다.

- ㅠㅠ 어떻게
- ㅠㅠ 어쩔 수 없지

ㅠㅠ 다음에는 꼭

무슨 영문인지 몰라 문자를 자세히 살피다가 화들짝 놀랐다.

미안해서 어떡하지?

엄마가 급한 일이 있다고 약속 취소하고 빨리 집으로 오래

정말 미안해 ㅠㅠ

내가 보낸 적 없는 문자였다. 그러나 내 휴대전화에서 발송된 문자였다. 범인은 신요한이었다. 나는 이를 갈며 신요한을 만나러 갔다.

"너 뭐야? 왜 그래? 어떻게 이런 짓을 나한테 할 수 있어?"

신요한을 보자마자 따져 물었다.

"너야말로 그러면 안 되지."

나는 잔뜩 부아가 치밀었는데, 신요한은 노트북을 들여다보며 차분하게 대꾸했다. 그 차분함이 더욱 내 속을 긁어 놓았다.

"혜미와 약속을 훼방 놓다니……. 그러라고 내 휴대전화에 이상한 프로그램 설치하게 둔 줄 알아?"

나는 더 거칠게 몰아붙였다.

"나와 먼저 약속했잖아. 안 그래?"

따지고 보면 맞는 말이었다. 그렇지만, 그렇다고 해도, 내 약속을 자기 마음대로 깨 버릴 권한이 신요한에게는 없다.

"내가 널 어떻게 해 줬는데 이러면 안 되지."

신요한은 머리를 노트북에 더 바짝 들이댔다. 나와 대화를 건성으로 하고 있었다. 늘 그랬지만, 그 순간에는 그게 몹시 거슬렸다.

"대화할 때는 사람 좀 봐!"

내가 다그쳤음에도 신요한은 여전히 노트북을 보며 손을 놀렸다. 내가 뭐라고 한다고 습성을 바꿀 신요한이 아니었다.

"약속을 깬 건 미안해."

일단 사과를 했다.

"그렇지만 네 마음대로 내 휴대전화를 건드리지는 마! 그건 용납할 수 없어."

나는 제법 단호하게 말했다.

내가 사과하고 부탁을 했으니 수용하고 미안하다고 하면 대화는 깔끔하게 마무리 될 수 있었다. 물론 신요한은 내 예상에 맞는 반응을 보이지 않았다. 혜미라면 바로 사과했겠지만, 상대는 신요한이었다.

"내가 정말 조종하려고 들면 그 정도로 안 해. 너도 알지? 내가 어느 정도 실력인지."

아무런 감정이 실리지 않은 차분한 목소리였지만, 나는 섬뜩했다.

"명심해. 내가 널 혜미와 이어 줬지만, 끊어 버릴 수도 있다는 걸."

맞는 말이었다. 신요한은 그럴 힘이 있었다. 정근엽 같은 쓰레기도 심리를 조종해 무너뜨린 실력자인 신요한에게 모든 약점이 드러난 나 정도는 아무것도 아니었다. 당장 이상한 문자 몇 통을 혜미나 주변 친구들에게 보내 버리면 나는 그대로 끝장이었다.

나는 아무런 대꾸도 할 수 없었다. 머리가 두려움으로 멈춰 버렸다. 나는 카메라 앞에 선 연기자였다. 아니 줄에 묶여 움직이는 꼭두각시에 더 가까웠다. 어쩌면 신요한은 빅데이터 알고리즘으로 나를 분석해서 이렇게 협박을 하는지도 모른다. 나에게 이런 말을 하면 나를 조종할 수 있다고, 몇 퍼센트 확률이라고 나온 결과값에 따라 자신 있게 저리 하는지도 모른다. 그렇지 않다면 어제 그렇게 전화로 짜증을 내던 녀석이 오늘 이렇게 차분하게 나를 대할 리가 없었다. '빅데이터, 알고리즘, 인공지능, 확률, 시뮬레이션, 심리조종'이란 낱말이 어지럽게 오고갔다. 한동안 어떻게 대처해야 할지 갈피를 잡을 수 없었다. 신요한이 한 협박은 확실하게 효과를 발휘했다. 그리고 바로 그것이 내 오기를 건드렸다.

나는 입술을 지그시 깨물었다. 나는 신요한과 지내면서 빅데이터와 알고리즘에 대해서 어느 정도 상식이 생겼다. 빅데이터는 사람이 과거에 어떻게 살고, 생각하고, 느끼고, 행동했는지를 쌓아 놓은 흔적이고, 행동 예측 알고리즘은 과거를 바탕으로 미래를 확률이라는 형식으로 예측하는 수식일 뿐이다. 빅데이터는 움직일 수 없는 흔적, 이미 죽어 버린 흔적이다. 나는 살아 있고, 나는 이 순간 다른 선택을 할 수 있다.

'네 예상을 벗어나 주겠어. 그 빅데이터인지 알고리즘인지가 내놓은 예측이 틀릴 수 있다는 걸 보여 주겠어'

옛날에 나는 잃을 게 없었다. 지키고 싶은 것도 없었다. 이제 잃고 싫지 않은 소중한 관계가 생겼다. 그 소중한 관계를 잃고 싶지 않았지만 다른 사람에게 목줄이 잡혀 살고 싶지는 않았다. 나는 모질게 마음을 먹었다. 어차피, 망가져 봐야 옛날로 돌아가기밖에 더하겠는가! 나는 혼자가 익숙했다. 한바탕 꿈이라고 생각하면 된다. 혜미와 계속 친하게 지내고 싶지만 어쩔 수 없다면 다시 혼자여도 괜찮다.

"하려면 해! 그딴 거 안 무서우니까."

나는 대차게 입을 열었다.

"혜미와 나를 깨뜨리고 싶으면 얼마든지 그렇게 해."

노트북 위를 날아다니듯 움직이던 손이 우뚝 멈추었다.

"난 어차피 혼자였고 죽으려고 했어. 지금도 마찬가지야. 네가 준 거 빼앗아 가고 싶으면 얼마든지 빼앗아 가. 네가 사 준 물건들도 가져가고 싶으면 다 가져가. 나는 다시 널 만나기 전으로 돌아가면 돼. 누가 들어도 이걸 꿈이라고 생각하지, 현실이라고 믿겠어? 안 그래? 내가 생각하기에도 이건 꿈 같아. 그러니까 내 꿈을 깨고 싶으면 기꺼이 그렇게 해. 꿈에서 깨고 나면 나는 뛰어내리려고 했던 그 순간으로 돌아가면 돼. 그걸 원하면 기꺼이 그렇게 하셔!"

말을 뱉어 놓고 나도 그 정도로 대차게 말하는 나에게 놀랐다. 물론 내 말은 모두 진심이었다. 신요한에게서 전화가 오기 직전으로 돌아가, 그 순간에 하려고 했던 선택을 하면 그만이라고 생각했다.

신요한은 고개를 돌려 나를 빤히 보면서도 아무 말을 못 했다. 입이 살짝 벌어지고 눈은 허공에서 길을 찾지 못하고 헤맸다. 나는 더욱 모질게 말하기로 마음먹었다. 칼을 빼 들었으면 확실하게 끊어 버려야 했다.

"앞으로 휴대전화도 바꾸고 SNS 계정도 모조리 바꿀 거니까 내 일에 조금도 간섭하지 마."

그러면서 나는 귀에 꽂은 장치를 뺐다. 그 다정한 목소리에는 미련이 남았지만 그것 때문에 속속들이 내 일상을 신요한에게 들려주며 지내고 싶지는 않았다.

"이건 이제 그만 쓸게."

장치를 바닥에 내려놓고 곧바로 컴퓨터가 가득한 방을 나왔다. 깔끔하게 정리된 부엌을 힐끔 쳐다보았다. 내 손길이 닿은 부엌은 깔끔했고, 사람 사는 분위기가 났다. 이제 신요한에게 요리해 줄 기회는 없을 것이다. 신요한은 다시 인스턴트 음식을 사다 먹을 것이다. 그게 못내 안타까웠지만 그냥 지나쳐 내려왔다.

아파트 공동현관을 나오자 바람이 나를 맞이했다. 아주 낯선 바람이었다. 바람이 낯선 게 아니라 내가 낯설었다. 내 자신이 낯설었다. 드러나지 않았지만 내 안에 이런 내가 숨어 있었을까? 신요한이 빅데이터로 나를 분석한 결과에 이런 내가 들어 있을까? 아니면 내가 혜미에게 맞는 인간으로 바뀌려고 하면서 새롭게 이런 단호함이 생겨났을까? 의문은 강하게 일었지만 풀 수 없는 의문이었다. 그런 의문은 얼른 털어 버리는 게 낫다. 풀 수 없는 고민을 끌어안고 사는 건 나한테 어울리지 않는다.

나는 휴대전화로 공중전화 위치를 검색했다. 엄마에게 전화를 걸기 위해서였다. 휴대전화로 걸면 신요한이 모조리 알 수 있기 때문에 일부러 공중전화를 찾았다. 검색해 보니 꽤 먼 곳에 공중전화가 있었는데, 그곳까지 걸어서 갔다. 엄마는 일할 때 내가 전화하는 걸 몹시 싫어해서 웬만하면 전화를 걸지 않는데, 휴대전화를 바꾸려면 어쩔 수 없었다. 엄마는 휴대전화가 완전히 고장났다는 내 말을 늘 그랬듯이 곧이곧대로 믿어 주었다.

토요일은 엄마가 가장 바쁘게 일하는 날이다. 금요일 밤에 힘들게 일하고 토요일에도 빨리 나가야 한다. 그럼에도 엄마는 점심 먹고 일하러 나가면서 내 휴대전화를 바꿔 줬다. 나는 옛 휴대전화에 든 전화번호나 사진 등을 새 휴대전화로 전혀 옮기지 않았다. 혹시라도 파일을 옮기면서 신요한이 설치한 프로그램이 옮겨질 수도 있다는 염려 때문이었다. 하는 수 없이 애들 전화번호를 일일이 입력해야 해서 번거로웠지만 어쩔 수 없었다. 혜미와 함께 찍은 사진은 무척 아까웠지만 그냥 버렸다. 전화를 바꾼 뒤에는 SNS 비밀번호뿐 아니라 메일을 비롯한 각종 사이트 비밀번호도 모조리 바꾸었다. 이 작업을 모두 한 뒤에 혜미를 비롯한 친구들에게 바뀐 전화번호를 알렸다.

그날부터 나는 신요한과 관계를 끊었다. 신요한과 연락도 하지 않았고, 당연히 신요한 집에도 가지 않았다. 나는 이미 혜미에게 맞춰서 완벽하게 탈바꿈했기에 친구들과 지내는 데 아무런 문제도 없었다. 기말 시험과 방학 사이라 모두들 다른 때보다는 여유 시간이 많았기에 우리는 늘 어울리며 놀았다. 함께 좋아하는 사진과 동영상을 공유하고, 즐겨 보는 웹툰과 웹소설을 함께 보며 낄낄거리기도 했다. 집에 오면 생활은 예전과 크게 다를 바 없었다. 혼자서 음악 듣고, 영상과 사진을 보고, 인터넷을 검색하고, 가끔 책을 읽고, 요리와 청소와 설거지를 했다. 달라진 점이 있다면 드라마 시청과 문자다. 예전에 나는 드라마를 전혀 안 봤는데, 친구들과 어울리면서 유행하는 드라마를 보게 됐다. 드라마 이야기는 단골 이야깃거리라 대화에 끼려면 드라마를 볼 수밖에 없었다. 드라마를 본 뒤에는 관련 기사나 영상도 찾아보고, 댓글도 눈여겨보았다. 문자를 나누는 시간이 크게 는 것도 달라진 점이다. 혜미와 단둘이 문자도 많이 나눴고, 단체 대화방에서 나누는 대화도 많았다. 겉으로 보기에는 예전과 다름없이 혼자 외롭게 보내는 듯 보였지만, 내 속은 그 이전과는 견줄 수 없을 만큼 푼푼했다.

이런 과정을 거치며 혜미는 아주 오래된 친구처럼 가까워졌다. 혜미와 함께하면 할수록 가까워지길 참 잘했다는 마음이 들었다. 더불어 하빈이가 새롭게 다가왔다. 하빈이로서는 단짝인 혜미와 자기 사이에 내가 끼어든 셈이니 속상하거나 내가 꺼려질 만도 한데 그런 기색을 전혀 내비치지 않았다. 어떨 때는 혜미보다 더 나를 챙겼다. 하빈이 꿈은 경찰인데, 굳세고 정의로운 됨됨이에 참 잘 어울리는 꿈이었다. 우리들끼리 모여서 다른 애들 흉을 볼 때도 하빈이는 전혀 끼지 않았다. 하빈이는 다른 사람 없는 데서 허물을 지적하는 이야기 따위는 하지 않았다. 불만이 생기면 그 사람 면전에 대놓고 말했다.

"여경이 뭐야, 여경이! 여자 경찰은 여경이고 남자 경찰은 그냥 경찰이야?"

우리끼리 드라마 이야기를 할 때 하빈이가 역정을 내며 한 말이다. 나로서는 생각지도 못한 지적이었는데, 하빈이 말을 듣고서야 그 호칭에 문제가 있음을 느꼈다. 이처럼 하빈이는 보통 애들과는 다른 비판의식이 있고, 비판하는 내용은 늘 정의로웠다. 그런 점이 참 매력이었고, 매력을 발견하니 뜻밖에도 혜미에게는 미치지 못하지만 하빈이도 꽤나 좋아졌다.

모든 삶이 좋았다. 완벽한 삶이었다. 엄마는 여전했지만, 어차피 기대가 없기에 아쉬움도 없었다. 엄마는 자기 삶을 꾸려가기에도 버거워하며 늘 나에게 무관심했고, 나는 집에서 내 몫을 다하며 지냈다. 그냥 그렇게 지내면 좋았을 텐데, 엄마에게 무슨 바람이 불었는지 갑자기 내 삶에 균열을 냈다.

휴대전화를 바꾼 지 9일째 되는 일요일 새벽이었다. 전에는 전혀 그런 적이 없었는데 일을 마치고 돌아온 엄마가 나를 깨웠다. 아마 새벽 4시쯤이었을 것이다. 정신도 제대로 못 차렸는데 엄마가 다짜고짜 물었다.

"너, 무슨 일 있지?"

나는 반쯤 일어난 채 눈을 껌벅거렸다. 자꾸 눈이 감기려고 했다.

"있기는 뭐가 있어."

"무슨 일 있으면서, 잡아뗄래?"

"없어."

나는 다시 몸을 뒤로 눕혔다.

"옷장에 걸린 옷들은 다 뭐야? 교복도 바뀌고."

나는 이불을 뒤집어쓴 채 대꾸를 안 했다.

"학용품, 가방, 심지어 신발까지…. 그런데도 별일이 없다고?"

엄마는 내 옷이나 물건에 전혀 관심이 없었는데 이 새벽에 갑자기 왜 이러는지 모르겠다.

"졸려. 나중에 얘기 해."

이불로 얼굴을 가려 버렸다.

낌새를 보니 엄마는 한동안 내 방에 머문 듯했지만, 나는 조금 뒤 잠이 들어 버렸다.

일요일이라 늘어지게 자려는데 엄마가 나를 일찍 깨웠다. 엄마는 금요일과 토요일 밤에 힘들게 새벽까지 일하기 때문에 일요일에는 거의 하루 내내 잔다. 오후 햇살이 누그러질 때쯤 일어나던 엄마가 아침부터 일어나서 나를 깨우는 일은 그 전에는 없었다.

"너, 솔직히 말해 봐. 이 물건들 다 어떻게 구했어? 내가 너한테 준 생활비로는 절대 살 수 없는 물건들이잖아."

귀찮게 길게 이야기하고 싶지 않았다. 신요한 이야기를 할 수도 없고, 혜미 이야기를 하고 싶지도 않았다.

"그동안 아껴서 모은 돈으로 산 거야."

이게 가장 괜찮은 답변이었다.

그냥 그렇게 넘어가면 될 텐데, 엄마는 내 말을 곧이곧대로 믿지 않았다.

"그게 말이 돼? 내가 준 생활비로 저 비싼 옷을 샀다고? 모두 백화점에서나 파는 값비싼 옷인데?"

"싸게 산 거야."

"자꾸 거짓말할래?"

"괜히 의심하지 마."

나는 애써 태연하게 대꾸하고는 화장실로 들어가 문을 잠근 뒤 일부러 물을 세게 틀었다. 밖에서 엄마가 하는 소리가 들렸지만 물소리를 핑계 삼아 못 들은 척했다. 화장실에서 한참 만에 나오니 엄마는 자기 방에서 잠들어 있었다. 그대로 끝나나 싶어 나도 다시 침대로 가서 누웠는데, 잠이 오지 않았다. 엄마가 도대체 왜 저러는지 감을 잡을 수 없었다. 그러다 얼핏 잠이 들었는데, 다시 엄마가 깨워서 일어났다. 그때가 점심때였다. 엄마는 또다시 나에게 따졌고, 나는 얼버무렸다. 엄마는 무언가 꼬치꼬치 캐묻고 싶지만 그러지는 못하고 자꾸 변죽을 올리는 질문만 했다. 의심이 들면 어떤 의심이 드는지 정직하게 물으면 될 텐데, 자꾸 돌려 말하니 나도 답답했다. 그러거나 말거나 나는 그냥 답을 얼버무리고, 그동안 모은 돈으로 샀다는 말만 거듭했다. 엄마는 하루 내내 틈만 나면 나에게 똑같은 질문을 했고, 나는 똑같은 답을 했다.

일요일 밤, 자려고 누웠는데 또다시 엄마가 같은 질문을 했다. 나는 같은 대답을 했다. 엄마는 정직하게 대답하라고 요구했다. 이런 대화를 몇 번이나 반복했기에 짜증이 났지만, 나는 착한 아이이기에 꾹 참고 같은 대답을 들려주었다. 반복 재생하듯 끊임없이 같은 말이 오고 갔다. 점점 지쳐갔다. 자정이 넘고 새벽 1시가 넘었는데도 엄마는 나를 놓아주지 않았다. 나는 결국 엄마 말을 무시하고 다시 침대에 누운 뒤 이불을 뒤집어썼다.

"나, 잘 거야. 나가 줘."

나는 단호하게 말했다. 내가 태어나서 엄마에게 가장 강하게 한 말이었다. 잠깐 침묵이 흘렀다. 엄마는 가만히 서 있는 듯했다. 그러고는 발소리가 들렸다. 이제야 끝났다고 생각했다. 그때였다.

"너, 혹, 남자 어른들이랑 이상한 짓……, 한 건 아니지?"

그렇다. 엄마는 하루 내내 이 질문을 하고 싶은 것이었다. 저 의심을 가린 채 하루 내내 나를 괴롭힌 것이었다. 어처구니가 없었다. 나는 불쑥 화가 치밀었다. 어떻게 나를 그런 식으로 의심할 수가 있단 말인가?

"내가 뭐 엄마 같은 줄 알아?"

나는 하면 안 되는 줄 알면서, 엄마를 도발하고 말았다.

"너, 지금, 그게 엄마에게 할 말이니?"

엄마는 당황하는 표정을 그때 처음 보았다.

"그럼, 그 말은 엄마가 딸에게 할 말이야?"

엄마는 입을 꽉 다문 채 나를 노려보았다.

나는 더는 엄마와 말을 섞고 싶지 않았다. 이불을 머리 위까지 뒤집어쓰고는 돌아누워 버렸다. 나는 이불을 뒤집어쓴 채 꼼짝하지 않았다. 한참 뒤에 엄마가 내 방을 나갔다. 엄마가 나간 뒤 잠을 자려고 하는데 잠이 오지 않았다. 엄마가 의심하는 상황이 속상했고, 억울했다. 엄마에게 해서는 안 될 말을 한 내 자신이 원망스러웠다. 솔직하게 모든 걸 털어놓고 싶었지만 솔직하게 말한다고 엄마가 믿을 것 같지도 않아서 더욱 갑갑했다.

└, 믿음이 없는 사이, 과연 괜찮을까? 속상한 밤.

#억울해 #믿지 못해

나는 이불 속을 찍은 컴컴한 사진과 함께 이런 글을 올렸다. 그러고도 한참동안 뒤척이다 겨우 잠이 들었다.

월요일 아침, 아침을 먹고 나가려고 준비하는데 엄마가 방문을 열고 나왔다. 엄마는 팔짱을 끼고 나를 가만히 훑어보았다. 아무 말도 없었지만 의심이 온몸에서 뿜어져 나왔다. 불신을 받는다는 게 얼마나 불편하고 힘든지 그때 처음 느꼈다. 엄마는 늘 나를 믿었다. 나는 의심받을 만한 짓을 하지 않았으며, 혼자서도 꿋꿋하게 살아왔다. 엄마와 다정하게 지내는 사이는 아니지만 엄마를 속인 적은 없었고, 나는 정직하다는 자부심이 있었다.

그런데 엄마는 그동안 내내 나를 내버려두다가 갑자기 내 삶에 끼어들었다. 끼어들려면 제대로 끼어들지, 불신과 의심으로 끼어드니 속이 상했다. 내가 엄마에게 한 말도 나를 몹시 속상하게 했다. 아무리 화가 났다지만 엄마가 하는 일을 건드려서는 안 됐는데, 엄마가 얼마나 아파할지 알면서도, 그런 못된 말을 내뱉다니, 나 스스로 내가 실망스러웠다. 그런 말을 한 걸 후회하고 또 후회했지만 되돌릴 수 없기에 그저 괴롭기만 했다.

월요일 오후, 친구들과 같이 분식집에 가기로 했다. 혜미는 과외 시간이 바뀌어서 학교 끝나자마자 가야 했다. 아쉬웠지만 하빈, 희지, 선혜와도 가까워졌기에 어색함 따위는 없었다. 엄마 때문에 하루 내내 찜찜했는데 친구들과 함께 분식집에 갈 기대감으로 기분이 조금 풀렸다. 종례를 마치고 교실을 나오는데 엄마에게서 전화가 왔다. 처음 있는 일이었다. 집에 언제 가냐고 묻기에 친구들과 놀다가 들어간다고 했다.

“친구들과 놀지 말고, 오늘은 곧바로 집으로 가.”

엄마는 막무가내로 내게 명령했다.

“도대체 왜 그래? 나 그냥 친구들과 논다고. 놀지도 못해?”

강하게 따졌지만 엄마는 들은 척도 안 했다.

"곧바로 집으로 가! 내가 곧바로 확인할 거야."

"아니, 그……."

엄마는 내 말은 듣지도 않고 전화를 끊어 버렸다.

불쾌했다. 짜증이 났다. 엄마가 도대체 왜 이렇게 나를 의심하는지 알 수가 없었다. 그냥 내버려두고 살았으면 끝까지 내버려두지 왜 이러는지 모르겠다. 엄마 말대로 하기 싫었지만 따를 수밖에 없었다. 나는 어릴 때부터 엄마 기분에 맞춰 사는 데 익숙했다. 아무렇지 않게 혼자 지내는 능력도 엄마 눈치를 살피다가 터득했다. 그런 내가 아무리 짜증이 난다고 해도 곧바로 엄마에게 저항할 수는 없었다. 나는 여전히 엄마에게는 힘없고 순한 어린 양이었다. 나는 친구들에게 엄마가 집으로 오라고 한다고 말하고, 어쩔 수 없이 집으로 갔다. 집으로 가는 길에 올려다 본 하늘빛은 잔뜩 찌푸린 채 울쌍을 지었다. 하늘을 찍어서 SNS에 올리고 그 아래 글을 달았다.

ㄴ 하늘도 내 마음 아는 듯. 갑자기 왜 그럴까? 정말 싫다 ㅠㅠ

#미워 #하늘 #엉망

그날 밤은 참 울적했다. 아무도 없는 집이 몹시 싫었다. 나는 하늘을 보며 연신 사진을 찍었고, 그대로 SNS에 올리며 내 심정을 짧게 드러냈다. 물론 대놓고 엄마에 대한 감정을 드러내지는 않았다. 최대한 압축해서 글을 올렸고, 글을 올리고 나면 꽉 막힌 답답함이 조금은 풀리는 듯했다.

화요일 점심, 다 함께 밥을 먹고 교실에 돌아왔는데 하빈이가 나에게 할 말이 있다면서 따로 나를 불러냈다. 사람들 시선이 닿지 않는 곳으로 간 하빈이는 나에게 자기 스마트폰을 들어 내 눈앞에 내밀었다.

"이거 나야?"

처음에는 무슨 뜻인지 몰랐다.

하빈이 스마트폰에는 내가 어제 올린 사진과 글이 떠 있었다. 내가 영문을 몰라 하니 하빈이가 다시 물었다.

"이 글, 나 보라고 올린 거냐고?"

"그게 무슨 황당한 말이야! 그건……."

엄마 때문이라고 하려다 입을 얼른 닫았다. 엄마를 거론하면 내 사정을 설명해야 하기 때문이다. 나는 엄마를 드러내고 싶지 않았다. 아니 엄마가 나에게 보인 반응이 무엇 때문인지 설명하기 싫었다. 잘못 말했다가 혜미와 신요한 이야기까지 드러날지도 모르기 때문이다.

"나 맞지?"

내가 머뭇거리는 모습을 보고 하빈이는 자기 생각에 확신이 생긴 듯했다.

"그렇지 않아!"

"그럼 뭔데?"

엄마 때문이라고 말해야 했다.

"엄마 때문이야."

"엄마? 엄마가 왜?"

하빈이는 마치 취조하는 사람처럼 나를 다그쳤다.

"엄마가 놀지 말고 들어오라고 해서."

"왜 놀지 못하게 하는데……. 그동안 우리랑 잘 어울리며 놀았잖아. 그런데 갑자기 왜, 무슨 이유로?"

그건 나도 궁금했다. 나는 적당한 말을 찾지 못했다. 이대로 가다간 하빈이가 나를 단단히 오해할 듯했다. 그때 습관처럼 나는 귀를 만졌다. 도움을 받기 위해서였다. 그러나 그곳에는 내가 기댈 수 있는 장치가 없었다. 순간 나는 엄청 당황했고, 그런 나를 하빈이는 놓치지 않았다.

"혜미가 없어서겠지. 혜미가 없으니까 우리와 같이 놀지 않고 피한 거야."

"그렇지 않아."

이대로 오해하게 내버려두면 안 된다.

"그런 식으로 올리는 글과 사진! 내가 싫어하는 거 알지?"

나는 아무 대꾸도 못 했다.

"차라리 대놓고 나한테 말했으면·괜찮아. 혜미가 좋아서 같이 다닌다고, 혜미와만 친하게 지내고 싶다고 대놓고 말하면 기꺼이 물러날 수도 있어. 뒤에서 엉뚱한 소문내는 짓, SNS에 이딴 식으로 애매모호하게 글 올려서 사람 공격하는 짓, 나는 짜증나고 싫어!"

사건이 최악으로 꼬이고 있었다.

"변명할 말도 없지?"

그대로 침묵하면 모든 걸 인정하는 꼴이었기에 뭐라도 말을 하고 싶었다. 그러나 입이 열리지 않았다. 이런 상황은 감히 상상도 못 해 봤기 때문이다. 컴퓨터와 한 훈련에서 이런 상황은 전혀 없었다. 채하빈과 이런 갈등을 겪을 때 어떤 말을 해야 하는지 나는 알지 못했다. 무엇보다 채하빈에게 야단을 맞으면서 나는 주눅이 들어 지내던 옛날로 돌아가 버렸다. 어찌할 바를 모른 채 멍하니 있는 나를 두고 채하빈은 그냥 가 버렸다. 5교시 수업 종이 울릴 때까지 나는 그 자리에 동상처럼 서서 꼼짝하지 못했다.

화요일 오후, 묘한 분위기가 형성되었다. 혜미가 나에게 다가왔는데 하빈이가 교묘하게 방해했다. 그러고는 혜미를 데리고 가서 뭐라고 이야기를 하는데 아무래도 나에 대한 이야기 같았다. 하빈이와 이야기를 나누고 온 혜미는 내 걱정과 달리 크게 다른 몸짓을 보이지 않았다. 그러나 김희지와 이선혜는 확실히 나를 다르게 대했다. 몸짓과 눈빛이 달랐다. 불안감이 엄습했다. 나는 다시 고립된 듯했다. 혜미도 멀게 느껴졌다. 그 옛날 김효정이, 열심히 연습해서 지워 버렸던 김효정이, 투명 인간 김효정이 다시 나타나려 했다.

화요일 하교시간, 혜미는 집에서 급한 일이 생겼다는 전화를 받고 종례도 하지 않고 나갔다. 채하빈, 김희지, 이선혜는 나를 거들떠보지도 않고 자기들끼리 어울리며 나갔다. 감히 같이 가자는 말을 건넬 엄두도 못 냈다. 홀로 교문을 빠져나가는 발걸음이 사무치게 쓸쓸했다.

그때 엄마에게서 전화가 왔다.

"어디 가지 말고 곧장 집으로 가."

또다시 명령이었다.

짜증이 났다.

"안 그래도 집으로 가고 있어!"

나는 잔뜩 짜증난 목소리로 대꾸했다.

그런 말투로 엄마에게 말하기는 처음이었다.

"너, 사춘기니?"

사춘기라니, 뜬금없이 사춘기라니, 언제 내게 사춘기가 있었던가? 내가 외롭게 혼자 보낼 때는 아무 관심이 없더니, 기껏 친구를 사귀어서 잘 지내는데 엉뚱한 오해로 내 관계를 망쳐 버린 엄마가 미웠다.

"그래! 사춘기야! 그래서 어쩌라고?"

나는 버럭 소리를 지르고는 전화를 끊어 버렸다.

화요일 밤, 외로웠다. 전화도 문자도 오지 않았다. SNS에는 갑자기 약속이나 한 듯이 방문객이 뚝 끊겼다. 혜미에게 무슨 일이 생겼는지 궁금했지만 물어볼 엄두가 나지 않았다. 늘 혼자였고, 그날도 똑같이 혼자였는데, 그 이전에 혼자일 때와는 무척 달랐다. 외로움이 사무쳤다. 외로움을 견딜 수 없었다.

수요일 아침, 교문으로 들어오는 혜미 얼굴이 어두웠다. 집에 안 좋은 일이 생긴 걸까? 걱정도 되고, 궁금하기도 했지만 물어보지 못했다. 옆자리에 있는 채하빈과 이런저런 대화를 나누는데 낮게 속삭여서 내 자리에서는 전혀 들리지 않았다. 혜미와 가장 가까운 친구는 채하빈이었다. 내가 끼어들 자리는 없었다. 상실감이 컸다. 김희지와 이선혜는 아예 나를 투명 인간 취급했다. 네 사람이 나를 없는 사람 취급하니 다른 애들도 덩달아 나를 없는 사람 취급했다. 단 하루 만에 나는 옛날로 다시 돌아가 버렸다. 모든 게 제자리로 돌아갔다. 아니, 제자리를 찾았다고 해야 할까?

수요일 하교시간, 또다시 혜미는 빨리 나갔고 다른 애들은 자기들끼리 어울리며 가 버렸다. 나는 홀로 학교를 나왔다. 쓸쓸한 하늘을 이고 무거운 걸음이 나를 잡아끌었다. 답답함에 숨이 막힐 듯했다. 한숨도 쉬기 힘들 만큼 괴로웠다. 도움을 받고 싶었다. 다시 귀를 만졌다. 이러면 예전에는 다정한 목소리가 나를 도왔다. 그대로만 하면 아무런 문제가 생기지 않았다. 좋은 결과로 이어졌다. 그 목소리가 다시 듣고 싶었다.

"설마?"

내 머리에 신요한이 떠올랐다. 신요한이라면 그럴 가능성이 있다. 그 녀석이 내 삶을 망쳐 버린 범인일 수 있다. 그렇지만 그렇게 짧은 시간 안에, 내가 눈치채지도 못하게 이렇게 망가뜨려버릴 수 있을까? 의구심이 들었지만 확신할 수는 없었다. 아무리 신요한이지만 그렇게 티 나지 않게 내 삶을 망가뜨려 버릴 가능성은 없는 듯했다. 어쩌면 내가 신요한에게 의존하지 않고 나 혼자 관계를 유지하면서 생긴 문제인지도 모른다. 빅데이터 알고리즘에게 내 SNS를 맡겼더라면 이런 오해받을 일은 생기지 않았을지도 모른다. 아무 생각 없이 내 날것 그대로인 감정을 SNS에 올려 버려서 벌어진 일일 수도 있다.

'나는 뭐지?'

머리가 아팠다.

'내 이름은 김효정, 나는 누구지?'

슬픔이 밀려들었다.

'나는 윤혜미에게 맞춰서 설계된 알고리즘일까, 아니면 진짜 사람일까?'

잿빛 구름이 시커먼 연기를 머금고 골목길을 뒤덮었다.

전화가 울렸다.

또 엄마였다.

"너 어디야? 아직도 집에 안 들어가고 뭐 해?"

짜증이 났다.

끓어오르는 감정을 나 혼자서는 감당할 수가 없었다.

"엄마! 그렇게 날 못 믿어? 그렇게 못 믿겠으면 엄마한테 갈게. 엄마 일하는 곳에서 죽치고 있으면 안심되겠지?"

엄마가 화들짝 놀라는 소리를 못 들은 척하고 전화를 끊었다.

나는 곧바로 택시를 잡아탔다. 목적지는 엄마가 일하는 곳이었다.

1001

나는 다른 선택을 할 수 있어

엄마에게서 여러 번 전화가 왔지만 안 받았다. 오지 말라는 문자도 여러 통 왔지만 답장하지 않았다. 나는 엄마 말을 거스르기로 했다. 엄마가 갑자기 간섭하지만 않았어도 내 삶이 이렇게까지 꼬이지는 않았다. 딸에게 무관심했으면 끝까지 무관심할 것이지 느닷없이 끼어든 이유를 도대체 모르겠다. 쓸데없이 걱정하고 끼어든 덕분에 겨우 보통 수준에 들어갔던 딸 인생이 얼마나 엉망이 됐는지 엄마는 모를 것이다.

엄마에게 되갚아 주고 싶었다. 느닷없이 끼어들 때 얼마나 곤혹스러운지 엄마도 느끼길 바랐다. 어쩌면 내가 이렇게 하는 까닭이 내 무의식에 깔린 원망일지도 모른다는 생각이 살짝 들기는 했다. 나는 아니라고 자꾸 부정했지만, 혼자 지내도 괜찮다고 믿었지만 어쩌면 나를 속이는 거짓말이었는지도 모른다. 아주 어릴 때부터 겪었던 외로움, 스스로 삶을 챙겨야 했던 버거움, 엄마가 살뜰하게 챙겨 주길 바라는 간절함 등이 응어리져서 내 무의식에 원망으로 뿌리내리고 있는지도 모른다. 어쩌면 그 뿌리 깊은 원망이 부당한 간섭을 계기로 분노가 되어 터져나오는지도 모른다. 물론 아닐 수도 있다. 그냥 채하빈과 관계가 엉망이 된 탓에 짜증이 잔뜩 났을 수도 있다.

다시 전화기가 울렸다. 전화기를 쥔 손에 힘이 들어갔다. 뿌리 깊은 원망이든 아니든 무슨 상관이랴! 내 돌발 행동으로 엄마가 당황스러워하면 된다. 더는 내 변화를 꼬투리 잡지 않기만 하면 된다. 내 바람은 그뿐이다. 전화는 받지 않았다.

음식점, 노래방, 술집, 모텔 등 온갖 간판들이 뒤엉킨 유흥가 입구에 택시를 세웠다. 유흥가 안쪽까지 택시로 가도 되지만 일부러 엄마가 일하는 곳에서 조금 떨어진 데서 내렸다. 택시에서 내려 문자를 확인했다. 오지 말라고, 집으로 가라고, 전화 받으라고 하는 문장을 보았지만 그냥 덮어 버렸다. 온갖 간판들이 난잡하게 매달린 유흥가 거리를 걸었다. 여름 햇살에 드러난 간판들은 아주 초라해 보였다. 더는 걷기 싫어질 때쯤 작은 공원이 나타났다. 유흥가 가운데 억지로 끼워 넣은 작은 공간이었다. 공원 귀퉁이에 제법 큰 나무가 그늘을 만들었고, 그늘 아래에 낡은 나무 벤치가 있었다. 벤치에 앉아 햇살을 피하며 길 건너에 자리한 건물을 바라봤다. 화려한 간판을 뽐내는 술집 안에 엄마가 있다. 엄마는 술집에서 일한다. 맨날 술 마시러 오는 아저씨들을 상대하는 엄마로서는 내 변화를 접하고 나를 의심하는 것도 이해가 간다.

엄마가 일하는 술집은 딱 한 번 와 봤다. 딱 한 번이었지만 그 뒤로 단 한 번도 이곳 풍경을 잊은 적이 없다. 장소는 뚜렷하게 기억하는데 언제 왔는지는 잘 모르겠다. 8살 때 같기도 하고, 10살 때 같기도 하다. 어쩌면 나는 시간보다 장소에 훨씬 민감한지도 모르겠다. 옛날 일을 떠올리면 시간이 잘 구분이 안 된다. 그렇지만 장소는 확실하게 기억이 난다. 내 시간들에 변화가 없는 탓인지도 모르겠다. 언제나 삶이 엇비슷해서 시간은 기억나지 않지만, 장소가 바뀌면 삶이 바뀐 느낌이 들기 때문일 것이다.

그늘이 주는 아늑함으로 지친 몸과 마음을 다독이는데 불쾌한 냄새가 났다. 바로 옆 벤치에 앉은 두 남자가 뿜어 내는 담배연기 탓이었다. 안 그래도 짜증이 가득했는데 담배연기까지 맡으니 더 짜증이 났다. 30대로 보이는 두 남자는 담배를 피우면서 허접한 이야기를 나눴다. 날씨가 덥네 어쩌네, 이런 날 차에 박혀서 하는 일이 힘드네 어쩌네 따위 같은 말이었다. 담배 냄새도 냄새였지만 대화도 견디기 힘든 수준이었다. 그늘에서 충분히 쉬고 싶었지만 어쩔 수 없이 자리에서 일어나려다가 너무나 익숙한 낱말 때문에 그 자리에 붙잡히고 말았다.

"……알고리즘……."

자리를 피하려다 들었기 때문에 다른 말은 알아들을 수 없었지만 '알고리즘'이라는 낱말만은 확실하게 들렸다. 신요한과 만나며 수백 번 들었던 낱말이라 무심코 들었지만 '알고리즘'이란 낱말만은 뚜렷하게 귀로 파고들었다. 나는 담배 연기를 꾹 참고 무슨 말인지 듣다가 점점 몸이 굳고 말았다.

"계속 기다리기만 하니, 지루하네."

"그러게 말이야."

"그동안 추적할 수 없는 흔적만 얼핏 남기다가 4년 만에 완벽한 흔적을 남기다니, 실수인지 의도인지 모르겠어."

4년이라면, 신요한이 카페에서 해킹을 했다는 해와 정확히 일치한다. 나는 얼른 이어폰을 귀에 꽂았다. 그러고는 음악을 듣는 척하며 두 사람 대화에 귀를 바짝 세웠다.

"실수에 가깝겠지."

"왜 그렇게 봐?"

"그동안 여러 번 흔적이 나타났지만 이렇게 대놓고 데이터를 긁어간 적은 없었잖아. 뭔가 무리해서 긁어갈 데이터가 저 술집에 있었던 거야."

"그게 이상하긴 했어. 두 번이나, 그것도 흔적을 잔뜩 남기고."

신요한이 엄마가 일하는 술집에서 데이터를 긁어간 것이 분명했다.

"다시 할까?"

"할 거야. 특이하게 두 번이나 했다면 뭔가 이유가 있을 테니까."

"저 가게에 심어 놓은 장치가 제대로 먹혀야 할 텐데."

"그러길 바라야지."

다 사람은 담배를 끄고 자리에서 일어났다.

"그때 어떤 놈이 해킹했는지, 정말 어처구니가 없어서."

"빨리 제거해야지. 잘못했다간 수조 원이 날아간다고."

제거라는 말이 무서웠다. 설마 신요한을 죽이려는 걸까? 수조 원이 걸린 일이라면 그런 일을 저지를 지도 모른다.

"돈이 문제가 아니라 회사가 흔들릴 수도 있어."

대화는 갈수록 내가 생각지도 못한 수준으로 높아졌다.

그때였다.

'삐- 삐- 삐-!'

짧게 끊어져서 세 번 소리가 났고, 두 사람은 화들짝 놀라며 나무 그늘에 세워 놓은 자동차로 뛰어갔다. 자동차는 흔하게 거리에서 볼 수 있는 까만 중형차였는데 유리가 진해서 자동차 안이 전혀 보이지 않았다. 한 사람은 운전석으로 탔고, 한 사람은 운전석 밖에서 고개를 넣고 안쪽을 들여다봤다. 나는 최대한 자연스럽게 자리에서 일어나 자동차 쪽으로 걸어갔다. 스마트폰을 쳐다보는 척하며 나머지 모든 감각을 두 사람 쪽으로 집중시켰다.

"잡았다!"

"어디야?"

"3km 11시 방향,"

"정확한 위치는?"

"이런, 강력한 방어 시스템이 정확한 위치 송신을 방해하고 있어. 오차 범위가 500m나 돼."

"제대로 알려면 그쪽으로 가야겠군."

"빨리 타! 눈치채기 전에 찾아내야 해."

운전석 밖에 있던 남자가 조수석으로 가더니 차에 올라탔다.

나는 신요한이 위기에 처했음을 직감했다. 신요한이 왜 엄마에게서 데이터를 긁어 갔고, 저 사람들에게 들켰는지도 알 듯했다. 신요한은 나를 다시 자기에게 의존하게 만들려고 했다. 그러려면 내가 갈등을 겪거나 힘든 일에 빠져서 다시 자신을 찾아야 했다. 혜미를 건드리면 내가 크게 반발하니 엄마와 채하빈을 건드려서 나와 갈등을 일으키게 만들었다. 채하빈은 파악하기 쉽지만 엄마는 데이터가 부족했고, 급한 마음에 서두르다 잇달아 실수를 저지른 게 분명했다. 어떤 데이터를 수집했고, 수집한 데이터로 무엇을 어떻게 했는지는 모르지만, 그로 인해 엄마가 걱정하게 되었고, 나를 간섭하려 들었던 것이다.

어쨌든 저 사람들이 신요한을 찾아내도록 두면 안 된다는 생각이 들었다. 제거라는 말이 계속 마음에 걸렸다. 저 사람들이 단지 신요한이 사용하는 프로그램을 제거하고 물러날 것 같지는 않았다. 나를 곤란하게 만든 신요한이 미웠지만, 그래도 신요한은 나를 많이 도와주었고, 그 은혜는 갚고 싶었다.

그 사람들이 탄 차는 바로 움직였다. 다행히 공원을 빠져 나가자마자 빨간 신호등을 만났다. 나는 재빨리 택시를 찾았다. 운 좋게도 곧바로 택시가 잡혔다.

"아저씨, 저 까만 차를 따라가 주세요."

택시 운전기사는 나를 이상하게 쳐다보고는 까만 차 뒤로 택시를 바짝 붙였다. 까만 차가 출발하고 택시가 그 뒤를 따랐다. 나는 신요한에게 전화를 걸었다. 안 받았다. 내 전화를 기다릴 줄 알았는데, 안 받다니 당황스러웠다. 어떻게 할지 막막했다. 이대로 따라가서 내가 뭘 할 수 있을까? 잘해 봐야 그냥 뒤에 가서 어떤 일이 벌어지는지 목격하는 게 다 일 것이다. 그러고 보니 나는 저 사람들이 가려고 하는 목적지를 이미 안다. 나는 택시 운전기사에게 신요한이 사는 아파트 주소를 알려 주고 빨리 가 달라고 했다. 운전기사는 내 다급한 목소리에 쫓겨 차를 빨리 몰았다. 택시는 자동차 사이를 뚫고 신요한이 사는 아파트를 향해 질주했다.

다시 신요한에게 전화를 걸었다. 여전히 안 받았다. 다시 걸었다. 안 받았다.

'도대체 뭐하는 거야!'

그때 문자가 왔다.

급했냐? 전화도 하고. ㅎㅎ

잘난 척하는 문자였다. 왜 이런 문자를 보냈는지 알 만했다. 따지고 싶었지만, 네 따위가 뭔데 내 인생을 꼬이게 만들었냐고 소리라도 지르고 싶었지만 그럴 때가 아니었다. 다시 전화를 걸었는데 안 받았다. 아무래도 나를 더 조바심 나게 하려는 의도인 듯했다. 자신에게 심각한 위기가 닥치는지도 모른 채 다 아는 척, 잘난 척하는 꼴이 우스웠다.

택시는 아슬아슬하게 까만 차를 앞질러 아파트 입구에 도착했다. 신호에 걸리지 않았는데도 까만 차는 아파트 입구 건너편 길가에 멈춘 채 깜박이를 켰다. 차 문이 열리더니 한 사람이 태블릿을 들고 내렸다. 그 사람은 태블릿을 보고, 둘레를 거듭 살폈다. 그러더니 손가락으로 내가 서 있는 쪽 아파트 단지를 가리키고는 다시 차에 올라탔다. 까만 차는 깜박이를 넣고 움직이더니 횡단보도 앞에 멈춰 섰다.

아직 기회가 있다는 판단이 들었다. 다시 신요한에게 전화를 걸었다. 이번에는 신요한이 전화를 바로 받았다.

"호, 이제 내 도움을 받고 싶은 마음이 생겼냐?"

전화를 받자마자 신요한은 여유만만하게 굴었다.

"야! 당장 멈춰!"

나는 다급하게 외쳤다.

"그럴 생각 없는데……."

신요한은 웃기까지 했다.

"그게 아니라, 당장 컴퓨터 다 끄라고! 넌……."

전화가 끊겼다.

"바보 같은 자식, 뭐가 뭔지도 모르면서."

그때, 신호가 바뀌면서 까만 차가 움직였다. 조금 전 차에서 내려 둘레를 살피는 모습을 감안했을 때 아무래도 아직은 정확하게 신요한이 있는 곳을 파악하지는 못한 듯했다. 그대로 차가 아파트 단지로 들어서면 신요한을 찾아낼 가능성이 매우 높아질 것 같았다. 만약 저 사람들이 신요한이 무엇을 하는지 다 알게 되면, 저 사람들은 신요한을 제거할까? 아니면 프로그램만 못 쓰게 만들고 물러날까? 프로그램만 망가뜨리고 물러난다면 좋겠지만, 신요한은 이미 저 사람들이 만든 프로그램을 완벽하게 알고 있다. 신요한 머릿속 지식을 제거하지 않는 한 프로그램을 없애는 것은 아무런 의미가 없다. 그렇다면 제거 대상은 신요한일 수밖에 없다. 신요한이 위기에 처한 상황에서 그냥 아무것도 안한 채 방관할 수는 없었다.

'막을 방법이 없을까?'

방법이 하나 떠오르긴 했다. 나에게는 별로 좋은 방법이 아니었다. 나답지 않은 선택이었다. 그렇지만 다른 방법이 떠오르지 않았다. 신요한 얼굴이 떠올랐다. 뭐든 자기 손아귀에 넣고 마음대로 할 수 있다는 그 오만함이 무참하게 일그러지며 뒤틀렸다. 신요한은 빅데이터로 미래를 예측한다. 빅데이터는 과거가 쌓인 흔적이다. 사람은 살아온 대로 살아간다. 나도 그랬다.

그래서 신요한은 나뿐 아니라 많은 사람들을 멋대로 조종할 수 있었다. 자기가 뜻하는 바대로 움직이게 만들 수 있었다. 돈 많은 부자를 도박에 빠뜨려 망하게도 했고, 인간미 넘치는 혜미가 투명 인간 김효정에게 접근하게 만들기도 했고, 쓰레기 정근엽이 범죄를 저지르게 만들기도 했고, 딸에게 무심한 엄마가 불필요한 간섭을 해서 나와 갈등하게 만들기도 했다. 심지어 자살과 범죄를 예측해서 생명을 구하기도 했다. 아마도 신요한은 자신이 뭐든지 다 할 수 있으리란 확신에 차 있을 것이다. 사람들이 과거와 똑같은 방식으로 생각하고 행동한다면 그 확신은 타당하다. 그렇다면 그 확신을 깨는 길은 하나뿐이다. 과거와 달라지면 된다. 별 생각 없이 해왔던 생각이나 습관을 깨 버리면 된다. 그 틀을 깨야 하는 순간, 선택을 다르게 해야 할 순간이 내 앞에 있었다.

'그래, 나는 알고리즘이 아니야. 나는 다르게 선택할 수 있어'

나는 마음을 단단히 먹었다. 이 방법이 먹힐지 안 먹힐지는 모르지만 내가 할 수 있는 다른 선택은 떠오르지 않았다. 신요한처럼 머리가 좋다면 다른 방법을 떠올렸을지도 모르지만 내 머리에는 이 단순한 방법밖에 떠오르지 않았다.

몸을 뒤로 살짝 빼서 나무 뒤로 숨었다. 무성한 잎 사이로 차가 다가오는 게 보였다. 늦어도 빨라도 안 된다. 딱 맞춰야 한다. 입구로 차가 들어섰다. 나는 하나, 둘, 셋을 세고 곧바로 뛰어들었다.

끼이이익~!

쿵!!!

차 앞부분에 세게 부딪쳤다. 눈앞이 아찔했다. 예상보다 아팠다. 차에 부딪친 뒤, 뒤로 넘어졌다. 머리도 아프고 팔은 더 아팠다. 한쪽 팔에서 감각이 느껴지지 않았다. 무척 아팠지만 정신을 잃지는 않았다. 그렇지만 눈을 감고 정신을 잃은 척했다.

차 안에 있던 사람이 화들짝 놀라며 뛰어나오는 소리가 들렸다. 다른 사람들이 모여드는 소리도 들렸다.

"이봐요, 어디를 가려고?"

"이 사람들 그냥 가려나 봐."

"아, 아닙니다. 아니에요."

한참 소란스럽더니 빨리 119에 전화하라고 독촉하는 소리가 들렸다.

"괜찮니?"

내 어깨와 팔을 만지는 감촉이 느껴졌다.

"여기 피 봐요."

"어머, 어째?"

혼란과 소란은 구급차가 올 때까지 이어졌다.

구급차 소리가 들리고, 몸이 들것에 실렸다. 구급차에 들것이 실리고 문이 닫혔다. 그때 내 주머니에 있던 전화기가 바르르 떨렸다. 혹시 신요한일까? 나는 정신을 잃은 척했기 때문에 전화를 받을 수는 없었다.

"여보세요."

구급대원이 내 전화를 받았다.

"누구세요? 제 딸 전화인데……."

전화기에서 엄마 목소리가 들렸다.

"저는 구급대원입니다."

"구급대원이 왜?"

엄마 목소리가 떨려 나왔다.

"저 따님이 교통사고를……."

구급대원은 말을 다 끝마치지 못했다.

"아~~~ 악!"

엄마가 소스라치게 놀라며 내지르는 소리가 들렸다. 엄마 목소리라고는 도저히 믿어지지 않을 만큼 고통에 찬 울부짖음이었다. 정신을 붙잡으려 하는데 자꾸 졸렸다. 머리가 아프고 깊은 암흑 속으로 몸이 빨려 들어갔다.

*

몽롱한 어둠 안에 불빛이 흔들린다. 언제부터 붙잡고 지내는지 모를 상념 한줄기가 불빛에 따라 스며든다.

'나는 밤빛이 좋아. 어둠 안에서 꿈틀거리는 빛이 나를 닮았거든. 사라질지 모르는 그 빛을 가녀리게 부여잡고 살금살금 밤을 거니는 게 좋아. 사라질지 모르는 안타까움이 끌려. 나는 희미한 빛깔을 움켜쥘 때 내가 살아 있음을 느껴. 그 가는 생명력, 위태로운 흐느낌이 끌려. 언제든 놓아 버릴 수 있잖아. 그럼 흔적도 남기지 않고 사라질 수 있어'

그 상념처럼 나는 사라져 버리는 걸까? 부딪치는 시늉만 하려고 했는데 그게 아니었나 보다. 아픔이 정신을 아늑하게 흔들어 놓는다.

*

몸이 흔들거렸다. 눈을 뜨고 싶은데 눈꺼풀을 들어올릴 힘이 없었다. 내가 크게 다친 걸까? 생각을 할 수 있는 걸 보면 크게 다친 것 같지는 않은데, 왜 이렇게 몸에 힘이 없는지 모르겠다. 도대체 나는 무슨 생각으로 차에 뛰어들었을까? 원래 내가 그런 사람이었을까? 은혜를 받으면 몸을 던져서 갚으려는 사람이었을까? 모르겠다. 그 순간에 내가 왜 그렇게 무모한 짓을 했는지 모르겠다. 내 빅데이터를 분석하면 내가 왜 그랬는지 이유가 나올까? 많은 질문이 떠올랐지만 나는 내 질문에 답할 수 없었다.

*

내가 다시 정신을 차렸을 때 나는 병실에 누워 있었다. 눈앞이 희뿌옇게 흐렸다. 슬픔 때문인지 아픔 때문인지 알 수 없었다. 숨은 고르게 나오는데 몽롱한 기운은 흔들흔들 감각을 건드렸다. 어릴 때가 떠올랐다. 따뜻한 물속에 몸을 담그고 엄마 품에 폭 안겼던 따스함이었다. 내 안에도 그런 따스함이 깃들어 있었던가? 지어낸 환상인지, 경험한 추억인지 모르겠다.

*

머리가 조금 욱신거리기는 했지만 크게 아프지는 않았다. 깁스를 한 왼팔에서 감각은 느껴지는데 움직이기는 힘들었다. 오른쪽 다리가 짓눌려 답답했다. 다리를 움직였다.

"효정아! 정신이 드니?"

엄마였다.

헝클어진 머리카락에 슬픔이 묻어났다. 병원 빛깔에 갇힌 얼굴빛은 창백했다. 눈은 퉁퉁 붓고, 입술에는 피멍울이 졌다. 나보다 엄마가 훨씬 상태가 안 좋아 보였다. 침대에 누워 있을 사람은 내가 아니라 엄마 같았다. 구급차에서 들었던 울부짖음이 떠올랐다. 엄마는 왜 저렇게 고통스러워한 걸까? 딸이 교통사고를 당하면 엄마들은 다 저럴까? 죽을 만큼 큰 사고도 아닌데, 교통사고가 났다는 말을 듣자마자 짐승처럼 울부짖은 까닭이 뭘까? 나에게는 늘 무관심했던 사람이 왜 저럴까? 모든 궁금증은 그대로 묻어 둔 채 나는 딸로서 해야 할 말을 했다.

"괜찮아."

그 말을 듣자마자 엄마가 나를 끌어안고 울었다. 울고 또 울었다. 하염없이 울었다. 눈물을 머금은 축축함이 내 피부마저 적셨다. 괜찮다고 말했는데 왜 저렇게 펑펑 우는 걸까? 나는 괜찮은데, 걱정 안 해도 되는데, 울지 않아도 되는데…….

1010

너는 아니? 끔찍한 진실을!

엄마는 사흘 동안 일을 쉬고 나와 함께 있었다. 혼자 있어도 된다고 했지만 내 말을 듣지 않았다. 나흘째부터는 일을 나갔지만, 새벽에 일을 끝내고는 곧바로 병원으로 왔다. 나는 편하게 침대에서 쉬는데 엄마만 괜한 고생이었다. 나는 팔 빼고는 아픈 데가 없었고, 엄마를 고생시키고 싶지 않아서 퇴원하려고 했지만 엄마가 막았다. 교통사고를 당하면 그때는 괜찮은 듯해도 나중에 탈이 난다면서 처음에 치료를 잘해야 한다는 이유에서였다.

입원하고 사흘째 되는 날 혜미가 다녀갔다. 김희지와 이선혜도 같이 왔다. 채하빈은 오지 않았다. 혜미는 한참 동안 나와 수다를 떨었고, 가기 전에 깁스에 예쁜 그림을 남겼다. 김희지와 이선혜가 나를 바라보는 시선은 따뜻했고, 재미나는 글귀를 깁스에 써 주었다. 채하빈이 오지 않은 게 마음에 걸렸지만 혜미뿐 아니라 희지와 선혜도 나를 다정하게 대했기에 마음이 놓였다. 담임 선생님도 왔다 갔고, 반 친구들도 여러 명 왔다 갔다. 차건호는 나와 별로 친하지도 않은데 선물까지 사 들고 왔다. 병문안을 왔으면서 내 얼굴을 제대로 쳐다보지도 못했다. 왜 그런지 모르겠다.

친구들 방문을 받은 뒤 나는 걱정을 덜었다. 내 염려와 달리 나는 아직 평범한 여학생이었다. 다시 투명 인간으로 돌아갈지도 모른다는 걱정은 하지 않아도 되었다. 엄마가 날 챙겨 주고, 친구들과 관계도 회복된 것을 확인했기에 병원에서 지내는 시간은 더없이 만족스러웠다.

퇴원하기 전날 밤, 신요한이 왔다. 엄마는 일하러 나가고 없을 때였다. 손에는 어울리지 않게 꽃이 들려 있었다.

"병문안에 꽃까지……, 너답지 않게 뭐냐?"

신요한은 어색하게 웃더니 자꾸 둘레를 두리번거리며 살폈다.

"바로 오려고 했는데…, 그러면 이상해 보일까 봐."

신요한은 왼손 엄지와 검지로 곱슬머리를 잡더니 몇 번 돌리다 놓았다.

"별일 없었지?"

내가 물었다.

깨어난 뒤부터 신요한이 무사한지 궁금했다. 그렇지만 혹시나 하는 걱정 때문에 전화를 걸지는 않았다.

“너, 일부러 그랬냐?”

신요한이 물었다.

질문을 들으니 안전한 듯해서 마음이 놓였다. 나는 고개를 끄덕였다.

“혹시나… 했는데… 역시…….”

어깨가 축 처지고 눈빛이 흐려졌다.

“왜? 내가 그럴 줄 몰랐어?”

신요한이 고개를 끄덕였다.

“넌… 절대… 데이터에 따르면… 절대 그런 식으로… 희생할… 사람이 아니었는데…….”

신요한은 고개를 절래절래 흔들었다.

“네가 사고를 당하고 난 뒤에야 나를 추적하는 바이러스가 침투한 걸 알아차렸어. 혹시 몰라 만들어 놓은 방어벽 덕분에 잠시 막기는 했는데, 사고가 없었으면 바로 들켰을 거야.”

신요한은 갑자기 한숨을 내쉬었다. 역시 신요한답지 않은 행동이었다.

“나는 그냥 운이 좋았다고만 여겼는데…….”

신요한이 고개를 푹 떨구었다.

“미안해.”

신요한이 말했다.

“너도 미안하다는 말을 할 줄 아는구나.”

꽃향기가 부드럽게 스며들었다.

"그게, 어떻게 됐냐 하면…… 내가 화가 나서…."

"어떻게 했는지 대충은 알아."

구구절절 설명을 듣고 싶지 않았다.

"널 하루 이틀 본 것도 아닌데… 뭘. 관계가 꼬인 때부터 얼추 알아차렸어."

"미안해. 그건…… 내가 그렇게 했으니까… 내가 되돌려 놓았어. 김희지랑 이선혜는. 아직 채하빈은 아니지만…… 그것도 내가 어떻게……."

김희지와 이선혜가 나를 부드럽게 대해서 어떻게 된 일인지 궁금했는데 그새 손을 쓴 모양이다. 감탄할 수밖에 없는 실력이다. 아마 채하빈도 맡겨 두면 해결해 줄 수 있을 것이다. 그러나 의존하고 싶지 않았다.

"하빈이는 내가 알아서 할 테니까, 간섭하지 마!"

"그래도……."

"내 일은 내가 알아서 해."

나는 단호히 말했다.

"아, 알았어. 김희지와 이선혜가 풀렸으니 채하빈은 어렵지 않을 거야. 원래 채하빈은 널 의심하지 않았는데 김희지와 이선혜가 옆에서 부추겨서 그렇게 된 거였거든."

그럴 거라고 어림은 했다. 하빈이가 아무리 정의롭고 의심을 잘 안 하는 애라고 해도, 바로 옆 친구들이 계속 의심하는 말을 하면 거기에 흔들릴 수밖에 없다. 굳이 신요한에게 듣지 않아도 어떤 식으로 했는지 알 만했기에 그리 궁금하지는 않았다. 내가 정말 궁금한 점은 따로 있었다.

"혹시 내 심리도 조종 대상이었니?"

내 물음에 신요한은 고개를 들어 나를 잠깐 보더니 고개를 다시 숙였다.

"응."

신요한은 나직하게 말했다.

"어쩐지……. 나는 아주 자연스럽게 동영상을 보고, 드라마도 보고, 웹툰도 보고, 기사도 보고, 댓글도 읽었어. 그걸 그냥 자연스럽게 했는데 이상하게 하빈이를 미워하는 마음이 커지고, 엄마도 더 이상하게 보이고, 화도 더 많이 났어. 그때는 전혀 눈치채지 못했는데 병원에서 가만히 누워서 생각해 보니까 뭔가 이상했어. 그 모든 게 혹시 나를 겨냥하고 내 앞에 나타나지는 않았는지 하는 의심이 들었거든. 네가 어떤 식으로 사람 심리를 조종하는지 그제야 알 수 있었어."

나는 잠시 말을 멈추고 여전히 내 손에 들려 있는 스마트폰을 바라보았다.

"우리는 늘 스마트폰을 끼고 사니까."

한숨이 나오려는 걸 겨우 참았다.

"미안해. 너까지는 안 하려고 했는데……."

"오늘, 여러 번 미안하다고 하네."

나는 빙그레 웃었다.

"엄마한테도 똑같이 했지?"

내가 다시 물었다.

"비슷한데… 조금 달라……."

솔직히 내가 가장 궁금한 대상은 엄마였다. 엄마에게 어떻게 했기에 엄마가 그리도 이상하게 나를 대했는지 알 수가 없었다. 내가 아는 엄마는 아무리 신요한이 다양한 방법을 총동원해도 쉽게 심리조종을 당할 사람이 아니기 때문이다.

"사실은 다른 데이터를 좀 봤어. 고객 관련 데이터를 빼내서 추적을 했는데, 재수 없게도 그 고객 가운데 한 사람이 나를 추적한 회사에 다녔나 봐. 그 바람에 걸려든 거야."

신요한은 왼쪽 눈을 찡그리더니 다시 말을 이었다.

"아무튼 고객 관련 데이터를 수집하다가 이상한 점을 발견했어."

"이상한 점이라니?"

신요한은 잠시 말을 멈추고 내 눈치를 살폈다. 말을 할지 말지 고민하는 눈치였다.

"뭔데?"

내가 다그쳤다.

"…기일… 이야."

뜬금없는 말이었다.

"무슨 기일?"

신요한은 또다시 뜸을 들였다.

"무슨 기일이냐고?"

다시 다그쳤다.

"네 아빠."

"뭐?"

아빠라니, 도대체 신요한이 무슨 말을 하는 거지?

"돌아가신 너희 아빠!"

아빠라는 말도 충분히 놀라운데 신요한은 잇따라 더 놀라운 말을 했다. 아빠가 돌아가셨다니…….

"엄마와 너 사이에는 비밀이 있어. 그게 뭔지 모르지만. 빅데이터 분석에 따르면……."

신요한은 또다시 내 눈치를 힐끔 봤다.

"분석에 따르면… 뭔가 이상한 조짐이 있어. 딱히 뭐라 꼬집어 말할 수는 없는데, 평범한 관계는 아니야."

"그게 뭔데? 무슨 근거로……."

"근거를 설명하려면…."

신요한이 뭐라고 말하려고 했다. 나는 그 말을 끊었다. 나도 안다. 빅데이터 분석은 정확하게 설명하기가 어렵다는 것을.

"알았어. 내가 물어볼게."

결국 신요한이 어떻게 엄마를 조종했는지는 듣지 못했다. '기일' '비밀'이란 낱말을 듣고 나니 그 궁금증은 사소해져 버렸다.

"더는 내 일에 끼어들지 마."

이 말은 신요한에게 한 부탁이기도 했지만 내 자신에 대한 다짐이기도 했다. 그동안 나는 혜미와 가깝게 지내고 싶으면서도 가까워지려는 노력을 하지 않았다. 엄마와 다정하게 지내고 싶으면서도 엄마와 가까워지려고 노력하지 않았다. 나는 늘 도망만 다녔다. 그렇지만 이제부터 맞서기로 했다. 하빈이와 꼬인 관계는 내가 직접 풀어야 한다. 내가 풀어야 할 과제다. 지금 당장 어떻게 해야 할지는 모르겠다. 그래도 해야 한다. 엄마와 관계도 마찬가지다. 내가 풀어야 한다.

"그럴게."

신요한이 마지못해 답했다.

"그리고 너한테 부탁이 있어."

*

다음 날 점심때 엄마가 병원에 왔고, 나는 퇴원을 했다. 무릎에 내리는 햇살이 따갑게 느껴질 만큼 뜨거웠다. 낡고 오래된 엄마 차는 소음도 심했고, 에어컨을 켜도 별로 시원하지 않았다. 엄마는 여느 때처럼 무표정한 얼굴로 운전을 했다. 옆자리에 가만히 앉아서 차창을 보던 나는 아무렇지 않게 툭 질문을 했다.

"아빠 기일이 언제야?"

엄마가 갑자기 브레이크를 밟았는지 차가 급정거를 했다. 뒤에 따라

오던 차에서 빵빵거리는 경적 소리가 들렸다. 엄마는 나를 한참 노려보더니 다시 차를 몰았다.

"이즈음이 아빠 기일이지 않아?"

나는 또 아무렇지 않게 물었다. 내 표정은 변화가 없었다. 나는 무심하게 차창 밖만 바라보았다.

"네가… 그걸… 어떻게……."

엄마는 제대로 말을 잇지 못했다. 운전대를 잡은 손도 심하게 떨렸다. 엄마는 집으로 가는 큰 길에서 벗어나 작은 길로 차를 몰더니 깜박이를 넣고 차를 길가에 세웠다. 나는 오른팔을 유리창에 걸치고 머리를 오른손으로 받친 채 차창 밖으로 아른거리는 나뭇잎들을 바라보았다. 따지고 보면 무척 심각한 대화 주제고, 아주 오래 전부터 내 마음 깊은 곳에 자리한 궁금증을 드디어 꺼낸 것이었음에도 나는 그리 긴장하지 않았다. 아니, 긴장은커녕 그 어느 때보다 차분했다.

"말해 줘. 아빠 기일이 언제야?"

엄마는 차가 섰음에도 운전대를 두 손으로 꼭 붙잡고 있었다. 운전대를 붙잡은 두 손에 힘이 잔뜩 들어갔는지 핏줄이 파랗게 튀어나왔다.

"언제야?"

다시 물었다.

"그… 그…… 그저께였어."

그랬구나. 정말 그랬구나. 나는 가만히 날짜를 내 마음에 새겨 넣었다. 깜박거리는 소리에 맞춰 나뭇잎이 출렁거렸고, 엄마도 나도 아무런 말을 하지 않은 채 가만히 있었다.

"혹시 아빠 기일이 다가와서 나를…… 내 걱정이 커졌던 거야?"

예민이란 낱말을 쓰려다 걱정으로 바꾸었다. 아빠 기일이 다가와서 나를 예민하게 대했냐고 말하기보다는 걱정이란 말이 훨씬 부드럽고 적절하다고 여겼다.

엄마는 아무런 말도 않고 여전히 운전대만 붙잡고 있었다. 그렇지만 분위기로 내 말이 맞다는 답을 보냈고, 나는 충분히 엄마 마음을 알아챌 수 있었다.

"혹시, 아빠가 교통사고로 돌아가셨어?"

아빠가 교통사고로 돌아가셨을지도 모른다는 어림은 여러 가지 데이터를 바탕으로 내가 이끌어 낸 결론이었다. 내가 교통사고를 당했다는 소식을 들었을 때 엄마는 짐승처럼 울부짖었다. 중간에 내가 깨어났을 때 괜찮다는 내 말을 듣고 엄마는 하염없이 울었다. 내가 병원에 있는 내내 엄마는 과도할 정도로 내게 정성을 쏟았다. 도대체 왜 엄마가 그러는지 이해할 수 없었다. 그러다 신요한에게서 아빠가 돌아가신 날이 이즈음일지도 모른다는 말을 듣고 엄마가 보인 반응이 어느 정도 이해가 되었다. 아마도 아빠는 교통사고를 당했을 것이고, 엄마는 그 소식을 전화로 들었을 것이다. 아마도 엄마는 병원에서 아빠를 붙잡고 깨어나길 간절히 빌었지만 아빠는 끝끝내 깨어나지 못했을 것이다. 엄마는 내가 교통사고를 당했다는 소식을 듣자마자 트라우마처럼 되살아난 과거에 울부짖을 수밖에 없었고, 내가 괜찮다고 하는 말에 하염없이 울 수밖에 없었을 것이다.

"저주 같았어. 네가 두 살 때 아빠가 교통사고로 돌아가셨는데, 14년 만에, 비슷한 날짜에 또다시 닥친 사고라니, 정말 몸서리치는 저주 같았어!"

엄마는 오른손은 운전대를 잡고, 왼손은 입술 근처로 옮긴 뒤 입술을 매만졌다. 눈은 14년 전으로 향한 듯 뿌연 안개가 끼었다.

"엄마!"

나는 조용히 엄마를 불렀다. 엄마 시선이 나를 향하는 게 느껴졌지만 나는 엄마를 바라보지 않았다. 내 시선은 햇살을 받아 투명하게 빛나는 나뭇잎을 향했다. 아무렇지 않게 빛을 받아 빛나는 나뭇잎처럼 내 마음은 차분하고 고요했다.

"엄마와 나 사이에 있는 비밀이 뭐야?"

엄마는 한동안 나를 빤히 쳐다보았다. 내 시선은 여전히 반짝이는 나뭇잎을 향했다. 초롱초롱한 기운이 눈을 어루만지더니 작은 물줄기가 방울이 되어 빠져나갔다. 엄마가 운전대를 잡은 손을 뻗어 내 볼을 어루만졌다. 물줄기가 따스함을 머금고 공기 중으로 증발했다.

"너는 내 딸이고, 나는 널 사랑해. 엄마가 무슨 말을 하든 그건 변함이 없어. 알지?"

나는 눈을 돌려 엄마를 봤다.

사랑을 가득 머금은 눈빛이 나를 따뜻하게 어루만졌다.

"언젠가 말해 주려고 했어."

엄마 목소리는 조금도 떨리지 않았다. 조금 심할 정도로 덤덤했다. 지독할 정도로 무미건조한 내 성격은 어쩌면 엄마에게서 왔는지도 모르겠다.

돌아가신 아빠는 지금 엄마가 아닌 다른 여자와 결혼했다. 그 여자가 내 친엄마다. 친엄마는 나를 낳다가 돌아가셨다. 아빠는 나를 홀로 기르다 지금 엄마와 만났다. 두 사람은 사랑을 키워 가다 결혼을 약속했다. 그런데 내가 두 살이 됐을 때 아빠가 큰 교통사고를 당해 혼수상태에 빠졌다. 아빠는 가까운 일가친척이 전혀 없었기 때문에 그대로 아빠가 돌아가시면 나는 덩그러니 고아로 남겨질 운명이었다. 그때 엄마는 놀라운 결정을 내렸다. 혼수상태인 아빠와 혼인신고를 한 것이다. 마치 그 모든 걸 알았다는 듯이 엄마에게 내 양육권이 생긴 날, 아빠는 돌아가셨다. 엄마는 그 뒤에 나를 홀로 키웠다. 자기 피는 한 방울도 섞이지 않은 나를, 자신이 사랑했던 남자가 남긴 딸이라는 이유만으로 이제까지 키워 온 것이다.

돌아가신 친엄마가 나를 임신했을 때 가장 많이 먹은 음식이 돈가스였다. 그래서 그런지 내가 어릴 때부터 유난히 돈가스를 좋아했고, 그래서 돈가스를 종종 사 주었는데 괜한 질투심에 어느 때부터 엄마는 일부러 내게 돈가스를 사 주지 않았다. 내 외모도 죽은 친엄마를 꼭 빼닮아 가니 괜히 미웠다. 엄마는 돌아가신 친엄마가 아빠마저 빼앗아가더니 나마저 빼앗아간다고 여겼고, 점점 소외감을 느끼며 고통스러워졌고, 결국 나를 멀리하기에 이르렀다.

모든 게 이해가 되었다. 엄마가 나를 지켜보며 느낀 소외감마저도 이해가 되었다. 나를 어쩔 수 없이 떠맡은 짐으로 여기면서도 끝까지 책임져야 하는 굴레가 버겁지 않았다면 거짓말일 것이다. 그럼에도 엄마는 묵묵히 나를 책임졌다. 그 점이 놀라웠다.

어쩌면 꼭 신요한이 일부러 자극하지 않았어도 엄마는 내 변화에 민감하게 반응했을지도 모른다. 아빠 기일이 다가오는데 나는 평소와 다르게 변하니, 엄마로서는 예민하게 반응할 수밖에 없었을 것이다. 생각해 보니 늘 이맘때면 엄마는 괜히 내 행동을 지적하고, 잔소리를 했다. 그러다 이때가 지나면 괜찮아졌다. 엄마에게 화를 냈던 내가 후회스러웠다.

"그랬구나."

나는 되도록 아무렇지 않게 반응했다.

"누가 뭐래도 넌 내 딸이야."

엄마는 부드럽게 웃으며 두 손으로 내 볼을 쓰다듬었다.

"미안해, 엄마! 내가 그때 못된 말을 해서."

"괜찮아! 네가 속상해서 그랬다는 걸 아니까."

나는 엄마 손에서 전해지는 따스함을 느끼며 엄마를 꼭 닮은 웃음을 지어 보였다. 엄마와 나는 웃음이 무척 닮았다. 맞다. 누가 뭐래도 우리는 엄마와 딸이다.

엄마는 다시 차를 몰았다. 한결 부드러운 얼굴빛이었다. 나는 운전하는 엄마를 물끄러미 바라봤다.

“병원에 있으면서 생각해 봤는데, 나는 엄마와 목욕탕에 갔을 때가 가장 행복했어. 엄마와 나 사이에 아무것도 막힌 게 없었거든. 엄마 살결이 닿을 때 내가 엄마 딸인 게 정말 좋았어.”

엄마가 내게 오른손을 뻗었다. 왼팔에 깁스를 했기에 나는 몸을 비틀어 오른손으로 엄마 손을 맞잡았다.

“깁스를 풀면 그때 같이 목욕탕에 가자.”

엄마가 따뜻하게 약속했다.

“참, 엄마! 내가 돈가스 아주 맛있게 하는 집 아는데, 오늘 점심 거기서 먹을까?”

“그러자.”

엄마 웃음이 안개꽃처럼 피었다.

돈가스를 맛있게 먹고 집으로 왔다. 오랜만에 내 방에 오니 참 좋았다. 옷을 갈아입고 쉬는데 엄마가 나를 불렀다. 엄마 손에는 까만 USB(휴대용저장장치)가 들려 있었다. 엄마는 컴퓨터에 USB를 꽂았다.

“그게 뭐야?”

엄마는 아무 말도 안 하고 USB 폴더를 열었다. 폴더에는 동영상 파일이 딱 하나 있었다.

동영상을 실행하니 꼬마 여자애가 나왔다. 해상도가 낮아서 깨끗하게 보이지는 않았다. 예쁜 옷을 입은 꼬마는 잔디밭에서 한 걸음, 두 걸음 아장아장 걸었다. 영상 밖에서 박수 소리가 들렸다. 꼬마는 영상을 찍는 사람을 향해 환한 웃음을 지으며 두 손을 쭉 뻗었다.

"아유, 우리 효정이!"

남자 목소리가 들렸다.

뜻밖에도 아주 익숙한 목소리였다.

"아빠, 아빠, 아빠!"

꼬마가 혀 짧은 소리로 귀엽게 말했다.

꼬마 몸이 위로 들렸다.

"그래, 아빠야!"

영상은 심하게 흔들리며 잔디밭과 주변 풍경을 어지럽게 담아냈다.

"아빠! 사랑해!"

꼬마가 까르르 웃었다.

"나도 사랑해요. 우리 효정이!"

다시 아주 익숙한 목소리가 들렸다. 바로, 그 목소리였다.

"어휴, 예뻐, 어휴 예뻐!"

아빠가 나에게 뽀뽀하는 소리가 들리고 동영상은 끊겼다.

동영상을 보고 또 봤다.

정확히는 목소리를 듣고 또 들었다. 몇 번을 듣고, 또 들어도 그 목소리는 내가 죽지 못하게 막았던 바로 그 목소리, 내 마음을 뒤흔든 바로 그 목소리, 신요한이 만들어 낸 다정한 목소리였다. 설마 신요한이 이 동영상을 해킹했던 걸까? 그럴 수는 없었다. 아빠가 남긴 유일한 동영상이고, 아빠가 돌아가신 뒤 USB에만 담긴 채 이제껏 보관했던 파일이기 때문이다. 그렇다면 신요한은 내 빅데이터 분석을 통해 내가 가장 친근하게 느낄 목소리를 만들어 냈는데, 그 목소리가 바로 아빠 목소리와 거의 똑같았다는 말이다. 어떻게 이럴 수가 있지? 우연히 일치한 걸까? 아니면 빅데이터가 만들어 낸 필연일까? 우연이든 필연이든 섬뜩한 일이었다. 온몸에 소름이 돋았다.

*

햇살을 받으며 눈을 떴다. 오랜만에 학교에 다시 가는 날이고, 방학을 하는 날이다. 조용히 씻고 아침을 챙겨 먹었다. 갈 준비를 모두 마치고 엄마 방문을 열었다. 깊이 잠든 엄마 숨소리가 고르다.

'엄마, 다녀올게요'

속으로만 인사말을 남기고 학교로 향했다. 학교로 가는 길, 햇살이 나를 따라왔다. 햇살이 새로운 출발을 하는 내게 용기를 건넸다.

'고마워'

교실에 들어서니 혜미는 아직 안 왔다. 하빈이가 창가에 앉아 있는 모습이 보였다. 깊이 숨을 들이마셨다. 하빈이를 가만히 살피며 다가갔다. 하빈이에게 평상시처럼 말을 건넸다.

"머리를 살짝 다듬었네. 잘 어울린다."

하빈이가 조금 놀란 표정을 지었다.

"어떻게 알았어?"

"그냥, 늘 너를 봤으니까."

하빈이가 살포시 웃었다.

"나랑 잠깐 밖에 나가서 얘기 좀 할래?"

내가 제안했다.

"좋아!"

하빈이가 흔쾌히 승낙했다.

하빈이가 일어서는데 열린 커튼 사이로 들어온 햇살이 내 손등에 어른거렸다. 하빈이와 같이 문 쪽으로 걸어가는데 신요한이 들어왔다. 신요한은 자리에 앉더니 나와 하빈이를 봤다. 나는 싱그러운 웃음을 요한이에게 보냈다. 요한이도 나를 보며 웃고는 주변을 두리번거리며 살폈다. 잠시라도 애들을 살피고 깨어서 세상을 보라는 내 부탁을 요한이가 받아들인 것이다.

'내 부탁을 들어줘서 고마워'

부드러운 곱슬머리를 필로테스(Philotes, 그리스신화 속 우정과 친밀함의 여신)가 부드럽게 쓰다듬었다.

곱슬머리 뒤로 스마트폰에 빠져든 애들이 보인다. 저 애들은 알까? 요한이가, 아니 요한이와 같은 능력을 지닌 누군가가 자기들 인생을 통째로 도둑질해 간다는 사실을……. 너는 아니? 무심코 스마트폰을 만지는 사이에 네 운명이 다른 사람 손아귀에 넘어가고 있다는 끔찍한 진실을…….

청소년 성장소설 십대들의 힐링캠프, 빅데이터